GOBOOKS & SITAK GROUP©

三日月書版

三日月書版

陰陽師與天狗眼
Onmyoji & Tengugan
—巴市公所妖怪事故專責小組—
LN006
三日月書版

目錄

1

搬家總與事故形影不離

春天，四月一日前的週末。這個小小的城市也因為啟程者與來訪者交錯而活絡。

在這城市的一角，一棟專租單身者的公寓前，有位青年茫然若失地呆站著。

宮澤美鄉，二十二歲。閃亮光澤且柔順的黑髮在後腦勺綁成一束，身穿窄管牛仔褲及深色短大衣。

修長的四肢、顯現出良好家教的氣質，加上高尚人品的端正臉孔。一頭在這遠離大城市的鄉下地方絕對會備受好奇關注的長髮，在他身上也絲毫不突兀，相當適合他的中性氛圍。

但是，美鄉現在以一臉毀了他難得的美麗端正容貌的呆傻表情，呆站在公寓前。

正可謂茫然若失，人稱「腦袋一片空白」。

在他眼前，看似才剛搬來的房客，正手忙腳亂地整理行李，而在他背後的是載運自己行李的搬家公司卡車。

「…………咦、這是、怎麼回事……？」

眼前這個房間，確實是美鄉簽下合約，從今天開始入住的新住處啊。他應該要在今天搬進這個房間……才對啊。搬家公司的工作人員從停在一旁的卡車下車，困惑地喊他的名字：

「宮澤先生，行李搬入該怎麼辦呢？」

「該怎麼辦……才好、呢？」

脫口而出心中的想法後，聽見搬家公司的工作人員參雜困惑、傻眼以及不耐煩的嘆息聲。今天是三月的最後一個週末，是所有搬家公司最為忙碌的時期。年輕與體力是最大武器的年輕男性工作人員也相當不耐煩吧。

「總之，我先去簽約的房仲那裡確認一下，可以在這邊等我三十分鐘嗎？」

美鄉也同樣忙碌，他下週開始得在這個城市工作。時至此刻才告訴他，明明已經簽約的新家有其他人入住了也讓他很傷腦筋。之前住的大學宿舍，升高中同時離開的老家都在他縣，全都不是可以通勤的距離。

這裡是廣島縣巴市。在中國山地群山包圍下，正如其名是由三條河川包圍起來形成圓圈的這個城市，自古以來就以連接山陰與山陽地區的交通樞紐而繁榮。以河川交錯的盆地發展的舊巴市為中心，是廣島縣北部的中心都市。

而他宮澤美鄉，是被巴市公所錄用，從今年四月一日起開始工作的新進員工。

從中國山地和緩山脈吹下來的北風，吹動公園裡花苞尚未綻放的櫻花樹梢。冷冽的春風讓美鄉豎起大衣衣領，他重重嘆了一口氣。在暖氣舒適的房仲公司中吸進的溫暖空氣，隨著把嘆息吹遠了。但話說回來，美鄉的心早在房仲公司裡時已經降到冰點。

當美鄉衝進管理理當簽約了的公寓的房仲公司時，等著他的是殘酷的現實。因為房仲公司出錯，把同一間房間租給了兩個人。而且簽約日和搬家日都是美鄉比較晚，不管再怎麼努力，美鄉都無法住進那間房間。

負責的房仲也不停道歉，幫忙尋找可以替代的房屋，但在這個沒有大學或大企業的城市，少有提供單身者居住的租賃房屋。

大約五分鐘前，因為完全找不到符合預算的房屋，美鄉只好放棄，離開房仲公司打算去問其他房仲業者。

「……唯一可以確定的是，不管再怎麼努力，今天大概都沒辦法搬好家吧……」

啊啊，好冷。這裡初春的氣溫應該和老家相差不遠才對，但今天感覺特別冷。——這大概是因為心寒吧。

在房仲公司對面空無一人的公園裡，靠在鞦韆柱子上滑手機的美鄉不禁仰天。他打電話通知等在公寓前的搬家業者，麻煩他們在自己找到新房間前，把行李寄放在倉庫裡，今天請他們先離開，這當然得額外追加費用。

今晚的住宿最糟還可以靠開來的自家車擋著，但再怎樣都想在第一天上班前確定住處。

「啊——我到底會變成怎樣啊。」

不想成為居無定所者，他的戶籍所在地早已經更改到巴市了，而且啊，市公所員工居無定所也太不像樣了吧。美鄉就抱著這種慘澹的感受，朝停在公園前路旁的車子前進。

走出公園環伺四周，發現在他趁搬家擦得晶亮的輕型汽車旁，有個打扮花俏的陌生男子看著周遭。美鄉停下腳步。

與其說染色，更該說是漂白的明亮短髮，大概是用了髮膠定型，白由奔放地四處翹著。花俏的橘色連帽外套，與低腰的鬆垮工作褲，醞釀出令人難以接近的氛圍。露在連帽外套外的襯衫下襬下方，還可看見粗曠的皮夾鍊條匡啷作響，最駭人的就是他耳朵上閃亮的銀色耳環，以及帶著一點顏色的墨鏡。

如果在都市的鬧區也就算了，在這沒有高樓大廈的悠閒鄉下地方，這身打扮無比引人矚目，彷彿出現在以前漫畫中的小混混。這種他打從出生不記得曾親眼所見的人種，別的地方不去，為什麼要站在自己的愛車前呢？

（喂……！為什麼？我今天的運勢有差成這樣嗎？）

大概是聽見美鄉不由自主往後退的腳步聲，小混混大人朝這邊轉過來。

「喲！」的一聲，相當親切地揚起單手大步朝美鄉走來。隱藏在墨鏡下的眼睛，和嘴角揚起的笑容好恐怖。美鄉不記得自己曾與這樣的危險人物有過交集，到底發生了什麼事。

美鄉內心混亂卻也無法逃跑，只能呆呆地盯著站在眼前的人瞧。近在眼前面對面後，來者的身高也比自己高出一個視線。

這狀況應該有點糟吧。小混混大人心情愉悅地朝內心發白的美鄉說：

「聽說你現在很煩惱沒地方住啊，我可以介紹一個好住處，要不要聽聽？」

金髮戴耳環的這個人物，摘下墨鏡後自稱「狩野怜路」，年齡大約二十三、四歲。之所以不確定年紀，是因為他沒有孩提時代的記憶，不知道正確的出生年月日。竟有人能滿不在乎地對首次見面的人說這種事，美鄉對這在現代日常社會很是罕見的事情感到驚訝的同時，也只能態度曖昧地點頭應和：「這樣啊。」

「你那什麼臉，你不相信我對吧。」

「不是，並不是那樣……」

怜路從連帽外套的口袋中拿出菸盒叼起一根菸，愉快地笑了。「要抽一根嗎？」他朝美鄉遞出菸盒，美鄉搖搖頭說著不用了，拉開一步距離。美鄉不喜歡菸味。

美鄉邊思索著該如何逃脫，露出敷衍搪塞的僵硬笑容。他連為什麼會被糾纏都搞不清楚。

美鄉再度抬頭想窺探對方的表情時，不禁詫異地眨眨眼。怜路摘下墨鏡後的雙眸顏色相當不可思議。拿打火機點菸的怜路也正好抬起頭，兩人的視線正面撞上。

「你眼睛的顏色真是不可思議。」

怜路的眼睛是帶有銀光的亮綠色，這鮮豔的顏色讓美鄉不禁脫口說出感想。從他這身打扮來看，也可能是變色隱形眼鏡，但從正面看他的雙眼，在春日陽光照射下透明得閃閃發亮。這與自己完全不同的美麗瞳色，讓美鄉理解怜路戴墨鏡的理由，什麼也不做都或許太過耀眼了。

「是啊，這叫『天狗眼』……會看到不少多餘的東西。你有養著什麼對吧？」

怜路靈巧地瞇起單眼揚起嘴角，他帶著惡作劇口吻的話，讓美鄉心臟猛烈一跳。怜路感到有趣地看著身體僵硬的美鄉，咬住香菸的濾嘴露齒而笑。

「不只髮型，這附近也很少見到同業者，就想說來打個招呼……你別怕成那樣，在這業界這樣打扮也無所謂吧？」

怜路戴上墨鏡說著「我的眼睛也差不多啦」，口吐白煙。視線從全身僵硬的美鄉身上，再度移往淡藍色的天空，「只要戴上這東西，就可以不需要看到那麼多東西了。」伶路聳了聳肩。

天氣晴朗，但是風很冷。伶路看了身體顫抖了一下的美鄉，手指向公園旁的自動販賣機，似乎是表示「要不要坐下來喝個熱咖啡？」

「我聽房仲大叔說了，還真是場災難耶。哎呀，某種意義上來說『很幸運』啦，那麼如何啊？像我們這樣的人種要租房子也得費盡千辛萬苦對吧？寫上職業就第一個被踢開了。」

「請等等。」

從伶路手中接過黑咖啡的美鄉，打斷單手拿著看起來甜膩的濃醇牛奶咖啡歐蕾說話的伶路。握著罐裝咖啡的手很溫暖，但坐在廉價塑膠長椅上的屁股很冷。

「嗯？」

「『我們這樣的人種』是指誰？」

「寫上職業就被踢開」這句話可不能當沒聽見。

「誰？不就是像我和你一樣的……你也是『祈禱師』對吧，說『靈能者』也可以啦。不管怎樣，都是社會認定的詐欺師或黑社會那類的啦。」

伶路拉開拉環，邊大笑邊灌下咖啡歐蕾。確實在社會上「自稱靈能者」的自營業者不太受到信任，但美鄉並非如此。

「……我可是收到市公所的錄用通知了耶。」

美鄉是從四月一日起開始工作的新聘員工，所屬單位為總務部危機管理課，特殊自然災害小組。

「是喔，市公所……那還真是…………什麼？市公所？」

一度當耳邊風聽過就算了的伶路，突然驚聲大叫看著美鄉。

「你這種髮型？」

被戳中痛處，美鄉「唔」了一聲無話可說。社會人男性，而且還是在公家機關上班的人，一般來說根本不可能留一頭長過背部一半的頭髮。

「這、這是法術所需啦！」

美鄉拉過成束綁起的黑髮反駁，他不是因為興趣才留長髮，公所也是理解這一點才錄取他。只不過也對他說了，要有承受不知情的市民們異樣眼光的覺悟。

「是喔，啊～這麼說來，我似乎有聽說什麼。那個災害什麼的，那是真的有啊。」

「特殊自然災害。還有，我也有神職人員的資格。」

順帶一提，如果要硬給美鄉一個職稱，那就是「民間陰陽師」，能處理神道、密教、修驗道、陰陽道等眾多系統的咒術，簡單來說就是與咒術相關的萬事屋。這稱號與虛構故事中廣受推崇，平安時代繪卷中的超級英雄幾乎無關，與靈能者、祈禱師等相差不遠，不提也罷。

「那還真是優秀啊……也就是說，那個專程跑來巴市考公務員的人就是你啊。」

自古以來在中國山地歷史悠久的山脈環抱下繁榮的巴市，其歷史中出現過眾多神明、神怪與妖怪類的東西。這塊土地至今仍殘留強大的力量，所以市公所裡設置了預防與解決這類事故的單位。

「嗯，是這樣沒錯。」

被認為是「想當公務員才來」讓他感覺有點丟臉，因為聽起來像是只為了追求自身安定才找這份工作。——雖然大致上沒錯啦。

「喔，還真是厲害呢。公職咒術師很罕見，錄取率應該很低吧？」

怜路似乎不怎麼在意這點，咯咯一笑後再度喝下咖啡。

「聽說五百取一。」

「……真假？」

美鄉平靜地回答，讓喝光咖啡歐蕾的怜路單手拿著罐子僵住了。在多少拂拭對方失禮的先入為主後，美鄉終於打開自己的罐裝咖啡，喝下一口已經轉涼的無糖黑咖啡。罐裝黑咖啡很難喝，只不過，美鄉更討厭有糖的咖啡，他不喜歡甜食。

「然後，好不容易搬過來了卻無處可住啊。」

把空罐丟進垃圾桶，怎麼看都很可疑的「祈禱師」青年壞心地咧嘴一笑，那表情彷彿連美鄉毫無意義的逞強也看穿了。

「不管怎麼說，看在同業的份上。你很煩惱今晚該住哪對吧？只有今晚也好，如何啊？覺得喜歡再把行李搬進來就好了。」

「你為什麼要做到這種地步？」

在說著「好，就這樣決定。」催促著美鄉，打算走出公園的金髮男子背後，跟著站起身的美鄉困惑地問。遠去的高筒籃球鞋沙沙踩響砂石，墨鏡反射著陽光的怜路轉過頭來。

「我也受到那家房仲很多關照，他常常委託我處理凶宅之類的工作。……還有，你看起來很有趣。」

怜路語調輕快看似相當開心，他指著美鄉的肩頭如此說。雖然看不見他的眼睛，但從聲音聽起來似乎別無他意。若真是如此，他還真是瘋狂。

「距離這邊二十分鐘車程。雖然有點靠山，但距離不至於無法開車通勤。是獨棟的古民家，但有改建過的和式和西式房間各一的別屋。和室三坪，附流理臺的西式房間四坪。衛浴和房東共用，擺個電磁爐就可以在別屋裡自炊。真要說起來就是寄宿啦，但包含水電和網路費，月租只要三萬日圓。不需要保證金和禮金。房東平常都在晚上工作，所以沒有門禁，而且基本上可以直接進出別屋。」

「這樣啊，那房東是怎樣的——」

美鄉困惑地開口問滔滔不絕說明的怜路。

「我。」

「……什麼？」

看見美鄉不自覺呆呆張大嘴，自稱祈禱師的小混混指著自己揚起嘴角。

「所以說，住我家的別屋如何呢？」

「什……！咦、這怎麼可……」

他是才剛認識的人，突然說要把自家別屋租給自己，美鄉也沒有大膽到有辦法立刻感激地接受。

「你以為這種鄉下地方有好幾家房仲嗎？我又不會吃了你，如果你是女的那還有話說。——我剛剛說了吧，看在同業的份上。在這個社會就是要互相幫忙，所謂有緣千里來相會嘛。」

「這樣啊。」美鄉忍不住小聲嘀咕。在淡色墨鏡下，天狗眼滿足地瞇起來。美鄉對怜路這彷佛時代劇的情義劇般，沒什麼真實感的話感到困惑。

（這個人是怎樣啊……詐欺之類的嗎……但那又是為了什麼？）

「你也太膽小了吧，明明就是個五百中選一的公務員大人耶。」

使壞的表情與臺詞，即使知道他在挑釁自己，不肯服輸的心情還是讓美鄉抬起頭。——雖然通勤距離變長不是很好，但價格太破盤了。而且全身凍僵的身體也想要快點離開這裡。

美鄉努力喝光咖啡，把罐子丟進垃圾桶。初春的乾燥冷風吹動他的瀏海。

「……我可不是被遺棄在紙箱的小貓。」

「但和小貓一樣流落街頭對吧。」

美鄉逞強的這句話被怜路「啊哈哈」地輕輕帶過，雖然有點不滿，美鄉還是追在怜路身後走。

結果，美鄉到狩野怜路的家看完房子後，敗給了要付給搬家業者的延長費用，隔天就把行李搬進別屋了。高中大學都住宿的美鄉行李本就不多，他在週一第一天上班前好不容易整頓好房間，吃完晚餐洗完澡後，終於得以放鬆一下。

怜路的家正如他本人所說，距離巴市市中心所在的盆地約二十分鐘車程，就在入山後不遠處。

從大河沿岸的平地往山裡走，在看不見民宅也看不見田地的深山道路開一陣子後，就可以抵達一處遼闊的地方。小河兩旁和緩的階梯狀山坡上有一整片農田，山坡上零星坐落幾棟紅色石州瓦屋頂的民家，是個很小型的聚落。

這個有十幾棟房子的聚落，聽說現在只有怜路一個人住。

其他房子都是早已沒人會回來的空房，或屋主平常不住這，只有假日會回來耕田。也就是所謂的極限村落，但怜路笑著說：「對我這種打扮與職業的人來說，這裡很好生活呢。」

或是委託業者或是週末來務農，這裡有許多人家種稻，看這為了插秧而犁過準備好的水田，完全無法想像是幾乎無人的聚落。明明罕無人煙卻也沒有荒廢，這地方的氣氛相當不可思議。

美鄉被帶往這寧靜聚落靠裡面的高臺上，比周遭大上許多的宅邸。據說這原本是這個聚落的村長家宅邸，兩層建築的主屋是入母屋造建築，屋頂鋪滿鮮豔的紅土色石州瓦。除了主屋外，還有倉庫和兩個土藏倉庫，以及美鄉決定租借的別屋等等，腹地內還有許多其他建築，是相當大型的宅邸。

沒有點燈便打開寄宿的和室的內拉門，身穿睡衣的美鄉眺望著別屋南側的中庭。走廊上的落地窗是整面玻璃，所以可以坐著眺望原本該是深有趣味，現在卻是一片荒涼沉寂在黑暗中的中庭。時間剛過晚間九點不久，該做的事情早已做完，但這時段要睡覺還有些太早。

城市燈光與街燈都無法抵達的深山屋子，被圓得不徹底的朧色月光擁抱。只能聽見遠方傳來的小河流水聲，以及終於起床了的細微蛙鳴聲。根本沒想過竟然能得到如此充滿黑暗與寂靜的空間，讓美鄉瞇起了眼睛，遠離人煙喧囂讓他感到舒適。

「該說是奇怪的人……或說是奇特的人呢……嗯，果然應該說是奇怪的人。」

其實房東狩野怜路也是去年才從東京搬來巴市，他除了以祈禱師身分接受委託外，也在市內的居酒屋打工。幸好不是詐欺之類的，但美鄉還是無法理解晚上要出門，還把自己家鑰匙交給才剛見面的人的怜路到底在想什麼。

邊自言自語邊看著前方，在小水池周遭種植常綠樹以及山野草的中庭裡，有幾團白色霧靄飄盪著。這是從山上下來的自然靈——也就是被稱為「妖怪」的那類東西。看來是和引入池子的山泉水一起流到中庭來，這讓美鄉住在這裡的第一晚傻眼得說不出話來。

這棟宅邸在怜路搬來前已經閒置了將近十年，寬敞的腹地徹底荒蕪，怜路一個人完全無能為力。他只使用主屋的廚房以及旁邊的起居室生活，只最低限度整頓好周邊環境，其他都放置不管任其變成鬼屋。在美鄉確定要入住時，怜路用不知是認真還是開玩笑的語氣，說著房租破盤價的代價，是要請美鄉幫忙管理腹地。

（——我要在這裡活下去。）

因為諸多原因，美鄉在高中畢業的同時與家裡斷絕關係。美鄉原本和巴市毫無淵源，就職考試時才第一次踏上這塊土地。接下來，美鄉將在完全陌生的土地，以及沒有任何舊識的環境中開始新生活。

燈點亮了。

「總之，得要努力才行……！」

「好！」他為自己打氣後站起身，就在開始要做睡前準備時，主屋緣廊上的

狩野怜路是個祈禱師。他不論晝夜總戴著墨鏡，常被人說「一身古怪打扮」，即使如此，他也有著有能力賺取不愁吃穿酬勞的自負。反正祈禱師是門和黑道沒兩樣的生意，也沒什麼理由要讓自己這樣的人，只為了故作正經而做出一身拘束的裝扮。

怜路搬到這棟古民家來不過一年多，就算是現在也沒有「我住在這個家裡」這種很慎重的感覺。怜路的感覺比較偏向只是借住一小部分，寄人籬下。因此，他會想把房子租給在公園茫然若失，流離失所的同業者，也只是「你也來寄住吧？」的輕鬆想法而已。

（嗯，但我也不算毫無目的啦。）

伴隨著響亮的「啪滋」聲按下開關，點亮掛在緣廊上方的白熾燈。從宅邸玄關旁往別屋延伸的木地板緣廊，在主屋的盡頭處轉彎朝中庭那側轉過去。只要走到那邊去，就可以窺見新同居人的狀況，怜路踩響了古舊還有蟲蛀的木地板。

經過宅邸南側三間並排的大客房後，手擺在面對西側中庭的落地窗窗簾上。被晒到褪色的薄薄窗簾那頭，應該可以看見以小水池為中心，如草叢般的中庭，以及到前幾天為止還大門深鎖的別屋屋外長廊。拚命整理行李的寄宿人，是否已經放鬆下來了呢？

（他是同業，再怎樣也不會嚇得逃跑吧，嗯。）

看見「叩叩」敲著玻璃窗下方的小小氣息，讓怜路不禁輕笑。怜路透過認識的人得到的這棟房子，就是所謂的「鬼屋」。怜路基本上有把生活起居的宅邸東側整理乾淨，但不管怎麼拔怎麼割，雜草都不停生長，妖怪也無止境地隨著後山流入的山泉水跑進來。

怜路最起碼把空屋期間跑進來住的棘手大妖怪趕跑了，但不管怎樣除靈、滅靈，產生妖怪的母體山脈就在丟著任其荒廢的宅邸後方。所以怜路老早就放棄將整個腹地清除乾淨了。

一拉開窗簾，首先映入眼簾的是沉寂在黑暗中的中庭。

還以為和室的燈光會亮著，難不成寄宿人已經睡了？怜路看向中庭右手邊。只見和室的內拉門敞開，昏暗的室內站著個白色的身影。他不禁倒抽一口氣。

（——可惡，竟然還有那麼大隻的妖怪在啊！）

身穿全白和服的人影，低著頭任其黑色長髮飄散。大概是感覺別屋有人的氣息後，從山上下來的吧。就算新來的是同業，被這種東西歡迎後或許會想要搬離這裡吧，伶路慌慌張張朝別屋跑去。伶路所在的走廊底端，就有進出別屋的拉門。

左手用力拉開拉門，右手立刻積蓄足以除魔的力量。門板撞上牆壁的粗暴聲音響徹宅邸。

「臨兵鬥者——」

「嗚哇啊啊啊！」

「皆陣……咦？」

就在伶路豎起兩根手指舉起右手，想用九字切除妖時。確實瞄準的妖魔所在之處，只有慌張失措的寄宿人。

「喂，你要幹嘛！請不要把刀印對著人啊！」

「什麼？話說回……咦？」

雙手舉高保護頭部的人，確實就是伶路邀來的寄宿人。這麼說來，他的確是個長髮男，只是為什麼要身穿白色和服啊。

在無言呆站著的伶路面前，寄宿人戒慎恐懼地放下手。淡淡月光照射下，白色的中衣和白皙肌膚，留到背部一半的柔順黑髮，以及中性秀麗的面容，不管哪項都可說是名副其實「幽靈繪圖」的新房客，一手拿著牙刷組窺探著伶路的反應。

「你這……起碼也點個燈吧……」

好不容易擠出來的忠告，聽起來相當愚蠢。

「不好意思……」

好不容易理解狀況的寄宿人，很是不好意思地垂下眉尾。「那個、這個，我這身睡衣是習慣……」支支吾吾開始找藉口的美男子的睡衣喜好，怜路當然沒打算說三道四。只不過，從墨鏡稍微錯位的視線前方，看見有什麼東西在凌亂的和服縫隙中蠢動。

「你要穿什麼都好啦，打擾你了。」

原本想說可以用來趕走許多東西才收留他的，但感覺反而是找來了什麼很不得了的東西回家。

(哎呀，那也沒有關係啦。)

至少他不是會害怕出現在這裡的小妖怪的人，只要他住在這裡的同時，能順便把宅邸西側清理乾淨，怜路也沒有怨言。

「那麼，晚安啦。」

怜路背對仍一臉不知所措的寄宿人，揮了揮手。

2

外來者與境界

市公所上班第一天，就從新聘的十數名職員在會議室集合揭開序幕。

頒發聘書以及市長訓示，還有為期兩天的員工教育，在這之中美鄉最頭痛的就是自我介紹。

「我是分發到危機管理課特殊自然災害組的技術職員，宮澤美鄉。」

技術職員擁有特定的技能知識與證照，會依能力分發到專業領域的課別。一般為常人所熟悉的就是幼教老師、衛生所護理師、土木技師與水利技師吧。而美鄉所需要的就是神職、僧侶的證照以及身為咒術師所需的技能與知識。

——但是，那種氣氛下根本無法如此自我介紹。

（沒想到……連職員也幾乎不認識「特自災害（我們這單位）」啊……）

結果美鄉想不出更多的自我介紹詞，只能說著「請大家多多指教」稍微點頭致意後坐下。與身為咒術師的驕傲同時得到的一頭長髮，此時此刻真心想要藏起來。美鄉如此在內心抱頭煩惱著。

回到十幾分鐘前，人事組職員在美鄉前往會議室前先找他過去，用著輕鬆的語氣對他說明：

「你所屬的特自災害的工作內容不好說明，你要加油嘿。當然啦我們總務部、市長還有副市長都知道喔，但一般職員不太會去你那個部門啦，市公所中的年輕人和外市來就職的人大部分都不知道。今年的新人裡外市來的人還頗多，對不起喔。」

負責新進員工聘用業務的職員忙著做新進員工教育的準備，說完後就跑到裡面去印資料了。在附近工作的其他職員催促之下，美鄉懷抱著不安爬上樓走進五樓會議室。因為被找去而遲了一點，美鄉進會議室時，其他新進職員早已全部就坐。

一拉開嘎吱作響的鋁拉門，所有視線集中到美鄉身上。好幾個人明顯擺出狐疑的表情，有幾個人瞬間別開視線。才剛開始就面對這嚴峻的現實，美鄉感覺自己的胃抽痛了起來。

他迅速轉動視線尋找空位後，有張似曾相識的臉孔，不客氣地注視著美鄉。這張臉到底是在哪裡見過呢，美鄉也不禁確認起對方的臉孔。

（啊，該不會是廣瀨吧！）

那絕對是美鄉的高中同學廣瀨孝之沒錯。主要因為美鄉私人的因素，高中畢業後就沒有往來，但當時在班上也是感情不錯的同學。可以在不安時碰見熟識的對象，美鄉頓時感覺眼前一片明亮。但很不湊巧廣瀨兩側的座位都有人坐了，美鄉跨出腳步，想找個離他近一點的座位。

但廣瀨的視線與美鄉碰上後，立刻不自在地別開。美鄉嚇了一跳，但事已至此也不能改變前進方向。結果他只能就這樣坐在廣瀨斜後方，而廣瀨低著頭背對他，完全不是可以開口搭話的氛圍。

陌生人也就算了，被自己在心中分類為「朋友」的人移開視線，果然帶給美鄉極大的打擊。廣瀨明明是班上的中心人物，平易近人且開朗的傢伙啊。

結果在新人研習這兩天，美鄉除了最低限度的必要對話外，完全無法和其他人有任何對話。

特殊自然災害組的辦公室，位於老舊市公所本館的三樓。因為市議會的議場在這個樓層，沒有其他間辦公室，特殊自然災害組就在樓層角落，也少有其他單位的人或市民會造訪。鄰近的五層樓新館遮蔽了日照，明明位於頂樓卻採光不良，正可說是名符其實的「角落」地點。

「宮澤，可以打擾一下嗎？」

距離苦澀的上班首日近一個月後的四月底，前輩職員的辻本春香手拿夾著文件的事務板，喊了正在處理文書的美鄉。順帶一提前輩雖然名為春香，但他是一位年過三十五的男性職員，也是直接指導美鄉的前輩。是一位相當適合半框眼鏡的溫和人物，也是市內淨土真宗系統寺廟的僧侶。

「是的，有什麼事嗎？」

正在和文書處理系統奮戰的美鄉，手放開滑鼠抬起頭來。

雖然是以技術職員的身分錄取，但最先要從庶務工作開始學起。市公所的工作全都需要以「起案與批示」嚴格處理。這是公所為了公正行事不可或缺的一環，在員工教育中也曾說明過。不管是多小的工作都要留下文書資料，並且得到上司的批示。

「昨天接到了電話諮詢，你可以稍微去這裡一趟嗎？」

美鄉接過文件低頭看，地點距離美鄉工作的市公所本廳二十分鐘車程，是因平成市町村合併政策變為巴市的舊村莊。

「——住居事故嗎？」

看了辻本在電話訪問時寫下來的申請書，美鄉點點頭表示：「了解了。」

「我是覺得可能還有點太早啦……但今天想請你自己一個人去聽對方說明狀況嘿。其實我原本也打算要一起去，但突然有急事。」

辻本用土生土長當地居民的腔調溫柔說著。說起廣島腔，那不留情面的腔調感相當有名，但每個人說起來會給人各種不同的印象。辻本的語調是無論男女說起來都不會感到不自然的中性語調。

「我明白了。那個，我該怎麼自稱才好……」

如果把普通的自然災害稱為「一般」自然災害，與其相對的靈異事故就稱為「特殊」自然災害，但首先基本上沒有市民（連職員都少有）能瞬間理解這個差異。只不過，自古以來紮根在巴市的人們——特別是神社擔任祭典指揮的氏子總代等地方當權者，以及寺廟神社的相關人士都知道「市公所裡有個什麼處理靈異現象的部門」。

這次來諮詢的人似乎不屬於這類，而是透過看診的市內精神科醫院委婉轉介過來的。

「嗯～那是個從市外搬來的人嘛……但是，你只要自稱『妖怪事故專責小組』，大概都能有辦法了事。他都打過一次電話來了咧，別擔心別擔心。」

特殊自然災害（妖怪事故專責）小組，雖然這麼喊沒錯，但也覺得這太過溫和的名稱真的可以嗎。不對，最近公所也四處可見名為「生氣勃勃生活課」及「款待課」等平易近人的單位，或許這樣反倒比較好。只不過，這很考驗咬字發音。

「好——那麼，我出發了。」

美鄉近一個月都跟在辻本背後跑，終於到了要試著自己單獨前往拜訪的時刻了。還有許多不習慣的地方因此感到緊張，但也開始厭倦做文書工作了。時間還不到上午十點。

「啊，辻本前輩。」

「嗯？」

拜訪前要先確認對方是否有空，美鄉拿起型號古舊的電話話筒，按下外線通話鍵前，停下手喊了辻本。

「是不是要換身衣服再去比較好啊？」

與身穿套裝或是制服西裝外套，也就是所謂正裝工作的窗口業務部門不同，在裡頭工作的職員大多都是穿著工作褲、POLO衫加上夾克外套的工作服裝扮。美鄉也不例外，都換上輕鬆的工作服工作，但若是要到市民家中拜訪，換上套裝會比較好吧。

美鄉拉起自己的夾克衣領問道，夾克是鮮豔的大紅色。

不知道是以什麼理由選用，巴市公所的工作服夾克為豔紅基底，重點處裝飾黑線，相當花俏。美鄉剛拿到時也嚇了一大跳，但伶路看見後大為興奮，他表示「這超級帥氣的」，但被那種服裝品味的人誇讚，美鄉也不知道是不是好事。

「不用，這樣就好了。啊，但這挺醒目的，走在路上可能會被其他市民搭話喔，你多小心嘿。你的髮型也很罕見，要是現在有人跑來向你陳情自來水問題或土木問題，你也很傷腦筋唄。」

似乎有那種只要看到「市公所的人！」就會跑上來，不管所屬單位就先陳情的人。前輩們都建議還是新人時盡量避免遇到這種事。

那果然還是該換身衣服再出去吧。美鄉一瞬間猶豫了一下，但又覺得這樣好像在躲藏逃避，最後還是穿著豔紅夾克坐上公務車。

四月也到了月底，櫻花季節走進尾聲，山林樹木一起開始長出翠綠嫩芽的這個時節，聽說特殊自然災害（妖怪事故）特別多。樹木冒新芽之時這句話本身也有「人心容易著魔之時」的意思，而山野魔怪們也在此時從冬眠中甦醒。

明媚日照中，看著染上一片鮮綠的山脈，美鄉開著公務車朝諮詢者家前進。車子走在國道五十四號線上，沿著河川朝島根縣方向北上。

以連接廣島與出雲的出雲路為基礎整備的國道五十四號線，在廣島和島根的縣界上得越過一個山頭。越往北走海拔也越高，越往深山走，稍縱即逝的新綠季節又重新時光倒回。

經過舊村莊的中心地區，即將抵達山頂前，從平地看相當刺眼的黃綠色山脈，也化身成纏繞著白色混入一點綠的淡色霧靄模樣。

在沒有燈號的十字路口轉入小路，雖然沒有中央分隔線，但道路寬度足以供兩輛普通客車會車，這條路就在閃耀水光的農田以及散落山間的民宅間穿梭。美鄉又接著從這條路轉進另一條更小的路。已經無法會車的小路，不停往山上曲折爬升。

「這裡真的有住人嗎……？」

美鄉忍不住低語，旁邊是原為梯田現在已經荒廢的農地沿著山谷綿延。才這樣想著，兩側山脈突然往中間擠，道路也九拐十八彎，讓美鄉都害怕起前方該不會是斷崖吧。

幸好道路沒有中斷，美鄉開到了一個視野廣闊，小小農耕地即將回歸荒野的地方。長高的雜草以及仍維持冬季枯木模樣的瘦弱樹木顯得寂寥。在這前方突然出現了一個小小的，給人端正印象的古民家，這就是諮詢者的家。

「我記得這應該是移建過來的吧。」

去年才從都市搬到這裡住的諮詢者，是二十五歲左右的陶藝家男性。他來諮詢的事情是每天晚上都會有一身白衣裝扮的年輕女人前來造訪。

女人每晚都會來敲門，如果男性不回應就會敲上一整晚。偶爾回應後女人會停止敲門，但問有什麼事情她也都不回應。沒有特別說什麼怨言，似乎也不是想要弄壞大門，但每晚都有個非人女人跑來敲門，只是這樣就叫人類受不了了。

美鄉把車停在房子附近的路旁，拿起放在副駕駛座上裝著整組文件的公事包，確認脖子上掛好識別證後，一臉緊張地下車。

突然，腹部內側有什麼東西蠢動的感覺。

意外的突襲讓美鄉忍不住用右手壓住下腹。

——這地方，有什麼會讓「那個」起反應的東西嗎。

「拜託你啦，我在工作耶。」

腸子彷彿被逆撫的奇怪感覺讓美鄉皺起眉頭。

「你乖點，乖乖睡覺啦……」

美鄉小聲安撫著，鎖上車後邁開腳步。

「——我明白了。幾天後可能需要再進一步詳細詢問，如果您沒有頭緒的話，那可能跟這塊土地有關。我們接下來也會調查周邊，今天就先緊急處理一下，請讓我在您家中貼上幾張符紙。」

詢問完大致的情況，填完諮詢單的必要項目後，美鄉把諮詢單收進公事包裡，露出微笑想要讓憔悴的男性安心。

這位年輕陶藝家因為不適應上班族生活，靠著線上外匯交易籌錢，蓋了自己的窯室，正如其經歷，他給人的第一印象就是內向，且有強烈的自我堅持。但就目前聽起來，這次的事故似乎並非起於男性本身的因緣。

參考配發的簡單準則以及辻本的做法，在緊張中的拜訪總算是順利完成了。

應對市民提出的事故諮詢時有幾個要點，首先第一個關卡是「有沒有辦法確實從諮詢者口中問出話來」，諮詢者大多都很混亂，變得相當情緒化。美鄉也在旁看見辻本因為諮詢者說出口的話完全抓不到重點而苦惱，好險這次的諮詢者相對冷靜，不僅坦然接受美鄉的說明，當美鄉從紙包中拿出「就很可疑」的靈符時，也不見他露出感到可疑的表情。——或許可以說他的精神狀態已經被逼入絕境了吧。

從公事包中拿出羅盤確定東西南北後，美鄉口念除魔咒語邊貼上靈符。最後把符紙往玄關大門貼上後，轉過頭看男性。美鄉翻找手上的公事包，又拿出包在一張封紙中的靈符，以及從透明文件夾中拿出很有市公所風格的資料。

「這樣應該就能阻止那個女人來訪，如果女人又來敲門，你就握著這張符紙念『唵，摩利支，薩婆訶』，念到聲音停止為止。啊，咒語就寫在這張紙上，如果可以的話，請照這樣準備……」

美鄉邊把以活潑插畫圖解的資料交給男性，邊說明消除自己氣息的咒術，也就是隱形術。一臉愁苦的男性認真地聽美鄉說話，但市公所的人拿著正經八百的「說明」資料教對方念真言的畫面還真是詭異。

「——那麼，明天同一個時間我會再來看看狀況。」

美鄉點頭致意後離開諮詢者的家，回到公務車上把公事包丟上副駕駛座後，再度回頭看這棟古民家。

「這果然是因為地點吧……」

美鄉並沒有得到什麼確切證據，但是他的直覺告訴他：

「這裡不是人類居住的地方。」

從遠古以來，這個國家就分為人類居住的「這一側」與非人居住的「那一側」，其界線大抵是山脈或河川等，大自然會阻礙人類腳步的地方。住在「這一側」的人，也就是相同聚落的人都「同為人類」，從外地來的人，不管實際上到底是人類還是人類以外之物，都是名為「外來者」的「異界居民」。

人們不願意接納「那一側的居民」來到這一側。

大概因為從那一側來的東西，不管是神是魔，不管帶來恩惠還是帶來災厄，都是打亂這一側世界「和諧」的旋風般的存在吧。

前往舊村莊的分所，過目分所存放資料的美鄉，抬起頭來轉轉僵硬的肩膀，發出「啪嘎」的巨大聲響，忍不住環伺四周。分所原本人就不多，位置更隱密的書庫裡根本沒有其他人，寧靜昏暗的房內，只有文件櫃低頭俯視美鄉。

本廳的辦公室裡也有統整了舊市內寺社佛閣以及傳承的資料，但那邊的空間不夠擺放市內全部的資料。因此在合併後變成巴市的舊町村的資料，保管在原本自治體的分所及圖書館中。美鄉把各地區流傳的傳承及寺社的記錄，祠堂及石佛的位置與祭祀何者等可以想到的各種資料找出來，堆在閱覽桌上。

「從災害潛勢地圖上來看的危險地點……嗯，那是可以理解的地點吧。」

攤開地圖邊看邊回想剛剛那棟房子的位置，美鄉小聲說道。在細小的峽谷小徑中，兩側山脈往中間擠壓，也能理解旁邊沒有其他住宅的原因。

就在美鄉看著眼前堆積如山的資料，想著接下來要看什麼時，市公所的公務手機響了。美鄉慌慌張張打開還沒換成智慧型，而是摺疊機的手機。來電顯示「芳田組長」——這是美鄉上司的名字。結束訪談回到車上後，美鄉立刻打電話回報本廳。

「喂，宮澤，我是芳田。我去問了剛剛跟你說的那個來圓寺了啦，聽說好像是後面那座山有問題啊。」

富含磁性且響亮的聲音，用著和过本氛圍稍有不同的當地腔調講話。特殊自然災害組組長芳田利美是一位五十歲出頭的矮小男性，也是修驗道系統的咒術師。溫和、誠實、知識淵博，深受組員們信賴，本身也相當有實力。

來圓寺是該地區歷史悠久的寺院，聽說每代住持都會藉由祈禱來解決地區的靈異事故。聽完美鄉訪談後的初步報告後，芳田便親自打電話到來圓寺詢問。

「聽說是很古老的記錄了，這次那個民宅隔了座山的另外一側地區中，留有女鬼吃人的記錄。」

在毛利與尼子爭奪銀山統治權的那個時代，有一位美麗的歌舞孃在山麓住宿地的這個地區中當尼子軍的間諜。這位歌舞孃有美妙的歌聲與高超的舞藝，用她罕見的美貌與技術建立了人脈，把毛利軍的情報回報給尼子軍。

有許多男性追求歌舞孃，其中有位青年特別熱情。歌舞孃雖然不停拒絕那位青年，但她內心其實並不討厭。

在這種狀況中，歌舞孃因為一點小事暴露了真實身分。而喜歡歌舞孃的青年也因此被冠上冤罪，和歌舞孃一同遭受村民的制裁。歌舞孃和青年撐著最後一口氣逃離村民們的追殺，消失在山林中。

「在那之後，陸續發生只要太晚走過街道，就會被女鬼襲擊的事件。女鬼只要看見村民就會吃人，聽說出現了大量被害者，來圓寺還留有當時的住持封印女鬼的記錄。我看地圖，被害者的家就是傳說女鬼和男人一起逃跑的山麓。」

「那麼……來被害者家裡的，就是那個歌舞孃女鬼嗎？但從當事者口述的內容聽起來，感覺對方似乎沒有害人之意。」

美鄉聽完芳田的話點頭表示原來如此，接著問出疑問。

「關於這件事，你有從分所的人口中問到什麼嗎？」

芳田反問後，美鄉小聲回答「有」。其實來分所的目的不只是找資料，美鄉初步回報時提到「那棟房子的位置讓我感覺不舒服」，芳田便指示美鄉去找分所的人確認，剛移居過來的諮詢者和當地居民之間是否曾經發生過什麼衝突。

「並沒有什麼太激烈的衝突……但是，就是傳出有個『奇怪的人』來了的謠言。分所的人頂多只知道謠言內容，加上他的職業也很特別……自治會也不太想讓他加入，原本一度談好要加入但最後還是取消了。」

芳田用著理解的語調「喔、喔，原來如此啊」應和美鄉的報告。

如果租屋住進單身者專用的集合式住宅，就無須在意「左鄰右舍往來」，但當狀況變成「移居」到鄉下就無法如此。現在，美鄉和房東怜路得以逃離這個束縛，也是因為美鄉他們的家很難說是在「人類居住的世界」。——但這只是單純因為聚落全變成空屋，他們沒有可以往來的「左鄰右舍」。

「結果最後，或許因為這樣就被介紹了那塊不是『這一側』的土地了啊。」

也就是說，或許是男性拒絕成為這塊土地的居民，而居民們也拒絕接納他吧。雖說入境隨俗，但各地區的差異會讓「人際往來」變得相當麻煩。也能理解年輕、藝術家脾氣的男性抗拒的心情。

另一方面，接受麻煩也就代表願意參加維持共同體。拒絕此事的他，因此被當地居民當作「外來者」這個異界存在看待了。大概就是這樣吧。

「傳說中，女鬼只要看見村民，不問男女老少一律吃掉，但也聽說她四處遊蕩尋找著一起逃進山裡的男人。那個女鬼喜歡的男人，聽說也是從其他地方來村莊行商的人，就不被地區居民接納這點來看，女鬼或許把這次的被害者和她喜歡的人重疊了吧。」

美鄉邊聽芳田說話邊應和，開始整理滿桌的資料。看這個狀況，應該已經不需要這些資料了。時間也差不多接近中午了。

因為來圓寺有封印女鬼當時的記錄，芳田說要和來圓寺攜手合作。聽說山裡應該有封印女鬼的土塚，但也有很長一段時間沒留下管理記錄，大概是原本封印的力量減弱了也不足為奇。

接下來就由芳田和資深職員們接手，芳田指示美鄉回本廳的同時也開口慰勞他。

「……外來者、啊。」

掛斷電話，美鄉邊折起手機邊低語。

職業、裝扮、態度——各方面都無法與自己這邊的人均質化的外部存在。「外來者」這個詞，聽起來有超越單純異鄉者的意涵。美鄉想起第一天上班那天，晚了一步進會議室時聚集在他身上的視線，不禁加重握住手機的力道。

聽完美鄉的報告後，特自災害組開始為了解決問題採取行動。

以女鬼的存在為前提又再次去訪問諮詢者的男性，得知身為陶藝家的他會爬上自家後方的山去尋找燒陶器的原料土。他不記得自己曾經破壞過什麼像是封印的東西，但這件事起因於他入山這個行為的可能性極高。

封印女鬼的工作將由來圓寺的住持與幾位職員進行，很可惜的是這次美鄉不是成員之一。他負責的工作是保護諮詢者的安全。

在說明狀況並徵詢當事者意見後，男性希望可以搬家。就算順利把女鬼封印起來，他也不想繼續住在這裡了。只不過，他很喜歡這個地方的泥土，所以接下來會在市內尋找新住所，總之先替他準備暫時避難的市營住宅。

在此，美鄉的工作就是「安排當事者入住市營住宅」。

明明是認同自己的能力，才以專業人員的身分錄用的，無法上戰場只能處理文書工作讓美鄉有點不滿。但他更感到憂鬱的是這份工作需要尋求其他單位協助。

把諮詢者的狀況寫成公文，交給管理市營住宅的財管課審查。同意、裁示本身是運用電腦系統，採無紙作業，但諮詢者本人的申請書需要傳閱，結果還是要拿紙本資料到對方任職的單位去。

和古舊寂寥氛圍的特自災害組不同，位於新館的財管課辦公室明亮寬敞。即使不及市民課的窗口，但還是多少有一般市民進出，美鄉也自然繃緊身體。不僅如此，交付資料的人就是同梯的廣瀨。其實這是他們第二天上班之後第一次見面。

「辛苦你了。那個，這個……有個人需要緊急搬進市營住宅居住，可以用急件審查嗎？」

隔著櫃檯，美鄉盡可能讓自己的語氣開朗點，坐在最前方座位的廣瀨抬起頭，一認出美鄉後有點尷尬地繃起臉。自己到底是做了什麼會讓他如此厭惡的事情呢？還是說自己標新立異到讓他一點也不想說話，寧願裝作陌生人呢？

美鄉一籌莫展，只能陪笑著僵在原地，廣瀨看似感到相當厭煩地起身接下夾著申請文件的文件板夾。用幾乎聽不見的低沉聲音小聲回應：「我知道了，辛苦你了。」

「唔、嗯，那麻煩了……」

對話完全無法延續。美鄉只好放棄想要離開。

就在他轉身時，在他後方身穿西裝的壯年男性站起身，美鄉反射性繃緊身體。如果是對「公務員」很囉唆的人就麻煩了。但男性隔著黑框眼鏡確認美鄉的識別證後便說：「喔喔，原來是你啊。」嘴角露出笑容。

「你就是傳說中那個，今年進入特自災害的王牌啊。」

「咦？王牌？」

意料外的單字，讓美鄉嚇得輕輕歪頭。王牌是什麼啊？是棒球隊最強的投手？

擊墜王？看見美鄉露出愚蠢表情讓男性笑得更開懷，輕拍美鄉的肩頭後說：

「我從芳田先生那裡聽說了，說是個神道系統的帥哥啊。之後地鎮祭或是上梁儀式應該會承蒙你照顧，到時多關照啦。」

他似乎是建築相關的人。常常需要討吉利的建築業者也和特殊自然災害（妖怪事故）關係密切吧。「好的，謝謝你。」美鄉話含在嘴裡回答後，男性最後用力拍了他的後背大笑。

「就算特自災害都是些相當優秀的人，也少有你這樣全能什麼工作都能做的人才啦，大家都對你很期待，你要加油咧。」

男性留下溫暖的一句話後，從美鄉身邊走過。他走往隔壁建設課窗口後，建設課的課長從裡頭出來，態度謙卑地接待他，一眼就可看出男性的地位相當高。不由得看著他們的互動後，美鄉察覺一股視線，轉頭回看財管課，精準地和廣瀨對上視線。

「……宮澤。」

廣瀨小聲喊他。

雖然有點緊張，美鄉還是回應後轉過身面對廣瀨。

「你是天生就是那種嗎？」

天生擁有被稱為靈力、咒力的那些東西嗎？如果廣瀨是在問這個，那答案就是「YES」。美鄉微微點頭後，廣瀨冷淡地回「這樣啊」，便離開座位跑到裡頭去了。

「被討厭了……」

美鄉沮喪地垂下肩膀，走回特自災害的樓層。

在特殊自然災害組裡，至少工作的部分還能互相理解。就算沒辦法坦承自己的全部，至少美鄉在那個地方不是「外來者」，可以在裡面建立容身之處。

（加油吧……）

希望能夠早點融入其中，希望別帶給大家困擾。

美鄉幾乎像是逃跑離開這個樓層，廣瀨躲在茶水間門後表情複雜地看著他的背影。但是，低頭看著腳邊走路的美鄉，當然不可能發現這件事。

在深夜營業的居酒屋裡工作的怜路，結束晚班工作回到家時已經將近凌晨兩點。寄宿人大概已經睡了，他也小聲關上車門。

但除了他上班前打開的後門燈光外，宅邸西側似乎也透出淡淡燈光。從主屋另一頭流洩出來，照亮庭院西側的土藏倉庫與假山葉子的，大概是別屋的燈光吧。大半夜是在幹嘛啊，怜路好奇地朝中庭方向走去。

宮澤美鄉寄住在怜路家也差不多要一個月了，這個寄宿人既沒有討厭妖怪在庭院裡跋扈肆虐的這個家，甚至還看起來相當中意。他大概最起碼有把會騷擾人類的惱人傢伙趕走，但宅邸西側累積的陰氣——也就是妖怪的氣息並沒有被驅除。怜路不認為美鄉沒有消滅妖怪的實力，所以大概是他本人自願這樣置之不理吧。

怜路為了能在黑夜裡看清楚點，摘下墨鏡掛在胸前，靠著黑夜中淡淡的燈光繞到主屋西側去。果不其然，和室的紙拉門那頭還亮著。後頭似乎有人影走來走去。

大半夜還搭話也讓怜路有點猶豫，但兩人生活步調完全不同，怜路幾乎沒有機會和寄宿人說話，他走過中庭在和室外側的長廊坐下。屋內的人似乎也聽見怜路的腳步聲，輕輕拉開紙拉門。美青年跪著從屋內往外窺探。

「喲，怎麼熬夜啦。」

怜路朝美鄉揮揮手，穿著有點凌亂的和服睡衣，外面套上鋪棉短和服的寄宿人歪著頭拉開落地窗。他的長髮披散，該不會只是剛好上完洗手間吧。

「狩野先生才是，工作辛苦了。」

彷彿要迎接怜路進屋，寄宿人把落地窗大大敞開，在他身邊端坐後輕輕低頭。四月底到了深夜還是很寒冷，這附近糟一點還會降霜。怜路心想這樣開著門美鄉也會冷，於是接受他的邀請走進和室。此時突然發現窗邊柱子上貼著靈符。

「謝啦，叫我怜路就得了，你是叫美鄉對吧。我不習慣講話太禮貌，而且我們也沒差幾歲，講話隨便點吧。」

被褥靠牆鋪好，擺著小小茶几的房間整理得整齊清潔。美鄉拉開紙門及落地窗的動作都相當溫和規矩，可以窺見他應該出身自很好的家庭且受過嚴格教養。

——怜路至今還不知道這個公務員陰陽師的家庭背景。他沒什麼興趣，而且自己也不喜歡被問東問西。

「唔、嗯，辛苦了，有什麼事情嗎？」

「沒有啦，看見你半夜還醒著，想說你在幹嘛，就這樣而已。而且也想說我們沒說什麼話耶。你明天放假吧？所以想說偶爾也來問問你的狀況啦。」

其實今天是週五夜晚，居酒屋很忙，怜路明天也要工作，但公務員大人應該照著月曆週六放假才對。鎖上落地窗的門鎖，關上紙拉門後，怜路在小茶几旁的坐墊上坐下。美鄉一臉困惑，但也沒有把怜路趕走的打算。怜路環視了小小的房間一圈後問：「這裡住起來如何呢？」

「托你的福，很舒適。」

美鄉跪坐在鋪好的被褥上回答。

「那真是太好了，但你的喜好也真怪異，興趣還真奇怪呢。為什麼把中庭的那個丟著不管啊？」

怜路說著再度拉開紙拉門，在房內光線照射下，水池周圍有好幾個影子在蠢動。是跟著山泉水一起流進水池的小妖怪。

「啊，沒有啦……它們在這也不會吵到我，發呆看著也正好，就放著不管了。對不起，要清乾淨比較好嗎？」

怜路曾說過房租便宜，但要請美鄉幫忙管理房子。美鄉慌張地問，但怜路搖搖頭說：「沒關係。」

「你不會感到困擾就好。之前三不五時會跑來的大塊頭煩人傢伙最近也沒來了。但是啊，殺時間的方法竟然是觀察妖怪群落，你這年輕人這樣好嗎。」

「什麼妖怪群落啦。」

美鄉呵呵笑著，怜路用著有點無奈的聲音回：「不就是那樣嗎。」關上紙拉門時，又再次看見靈符。剛剛是貼在房間外側，這次看見貼在房內的柱子上。美鄉發現怜路的視線後，困惑地開口：「那個……」

「美鄉，你很擅長做這個嗎？」

怜路指著靈符問。聽見美鄉「嗯，不算不擅長」的謙虛回答後點點頭，怜路把身體探上前。

「你不用特地去清除外面的妖怪。比起那個，你把這個家貼滿靈符吧。最近變安靜了倒還好，有個傢伙很喜歡跑來狂敲主屋後面的防雨門。我沒受過什麼高等教育，是很擅長把對方抓起來痛扁一頓啦，但不擅長這種講規矩的麻煩東西。」

怜路年幼時在喪失記憶的狀態下，被自稱「天狗」的養父收養，在山中與遠離都市的偏遠地區來去長大。雖然有基本的社會常識，也學會養父的修驗道系統咒術，但因為他的個性大而化之，很不擅長製作靈符、張設結界這類需要嚴謹且細膩作法的咒術。

「唔、嗯，可以啊。」

見美鄉點頭後，怜路拍著自己的大腿說：「太好了，那就拜託你啦。」此時胸口的墨鏡喀啦聲作響，他這才想起來戴上墨鏡。

「你應該受過很好的教育吧，不想回答也沒關係，你出身哪裡？」

平常幾乎不存在的好奇心不停湧上怜路心頭，為什麼受過如此良好教育的咒術師，會沒有任何援助還差點就要流落街頭呢？為什麼得要朝外側和內側兩個方向貼上驅魔的靈符呢？

「這個嘛……是神道系統。我只有小學中學的一段時間待在島根。怜路是東京對吧？你是怎麼找到這個房子的？」

「啊啊，該說是認識的人幫忙吧，人家讓給我的。哎呀，我就想這也是什麼緣分，而且正好想要換個地方轉換一下心情，所以決定來鄉下住看看。」

「這樣啊。」回以含糊回應的同時，美鄉打了個哈欠。怜路也因此說著「嘿咻」站起身。美鄉很是巧妙地迴避了伶路的提問，而伶路也沒有一五一十地自我介紹。伶路也覺得這樣就足夠了。

「那麼，大半夜打擾你啦。我天亮之後再來拿鞋子，晚安。」

伶路說完後拉開和室後頭連結走廊的拉門，聽著背後傳來寄宿人不疾不徐回應「好喔」，點亮走廊燈光後靜靜關上拉門。

3

鋼琴之歌

狩野家的後院，已經大半回歸原野。

夜漸深即將要換上新日期的這個時段，美鄉一身睡衣打扮，拖著腳步在面向後院的主屋北側走廊上走著，走進屬於分棟的浴室更衣室裡。

原本是大鐵鍋式五右衛門浴缸的浴室，現在改建得相當漂亮，更衣室裡有大型盥洗臺和洗衣機，一體式衛浴的浴缸也大到美鄉可以把腳伸直。

這裡原為古民家，但到十年前左右都還有人居住，房屋裡各處也配合現代生活改建。廁所也是西式沖水馬桶，美鄉曾經參觀過一次的主屋廚房也是鋪上木地板的系統廚房。衛浴和廚房完全現代化這點，對在此生活的人來說很是感謝。

打開更衣室裡採光用的窗戶，外面的沙沙細雨打在茂盛的雜草與雜木上。更衣室和浴室裡都有能大大敞開的窗戶，這是窗外沒有外人視線的鄉下才能享受的奢侈。

「後院真的很誇張耶……」

把頭探出窗戶環視周圍，美鄉忍不住脫口而出。

如果把後院整理得漂亮一點，或許就能享受眺望綠意的泡澡時光了。但現下浴室的窗戶看起來也像怪談的舞臺裝置，而且實際上真的有妖怪出沒

在充滿蛙鳴蟲鳴與雨聲的空間中，暗夜深處有什麼東西偷偷摸摸蠢動著。大概是怜路前幾天提過的，在家裡後院吵鬧的妖怪吧。

根據怜路表示，它只是單純跑來「玩耍」沒有什麼太大的惡意，但就是會在大半夜朝著門板又敲又抓，如果不理會又會大聲吵鬧，總之很煩。但今晚妖怪在迎接初夏的茂盛雜草叢中屏息，似乎努力想隱瞞氣息。

突然，美鄉的肚子從內側被倒摸了一把，他頓時皺起眉頭，離開窗戶。在美鄉身體裡躁動的那個，對妖怪的氣息產生反應而在他身體中往上爬。

左側肩胛骨瞬間發熱，黑夜深處的氣息隨之發抖。

「——不可以，我不會讓你出來。」

美鄉身體裡被封印阻撓的「那個」，四處亂動像在表達不滿，最後還是放棄掙扎安靜下來。緊握窗框忍住來自內側攻擊的美鄉，「呼」的嘆了一口氣後站直身體。自從搬到巴市來之後，他身體裡的居民相當活躍。大概是對這塊土地濃烈的山靈（妖怪）氣息起了反應吧。

美鄉邊關窗上鎖，邊後悔著幹嘛沒事要有多餘的好奇心。明明只是怜路拜託，他才來貼避魔的靈符而已。

上個月初，他把利用黃金週假期畫好的靈符貼滿家中。今晚到處走動，是為了要更換妖怪最常出沒的屋子後方的靈符。

「話說回來，拿來代替房租的勞動未免太過量了吧。」

美鄉邊碎碎念，邊把包在厚封紙中避免受潮的靈符貼在窗上，把舊的符紙塞進和服袖子中。一個不經意的動作讓他左側肩胛骨出現抽筋的感覺，美鄉皺起眉頭。

今天怜路上晚班，除了美鄉外，附近沒有其他人類的氣息。就算現在讓「那個」出來也不會被人看到，但如果沒辦法在怜路到家前回收，就會演變成麻煩的狀況。

咒術師，就是身處黑暗與現世夾縫中的人。

也就是說，對極為普通的人來說，咒術師等人種，是所見所為都與自己不同的「異界存在（外來者）」。

（特別是我……）

美鄉沒辦法在人群中生活，他只能隱身暗處讓身心休息後，才能努力扮演一個普通人類生活下去。

宮澤美鄉，在身體裡養著——。

美鄉國中時，通學路上有間已經廢校的小學。早已廢校超過幾十年了吧，腐朽的木造校舍正可謂名符其實的「廢墟」。

忙於社團或補習的同學們，就算早上能一起上學，放學後也是各奔東西。背著學校指定的書包，撐著傘走在冬末細雨中鄉間小路上的美鄉，獨自在廢校舍前停下腳步。

他聽見鋼琴聲。

微弱的聲音聽不清是什麼曲子。正確說起來，他連那是在彈奏「曲子」或只是隨意敲琴鍵也搞不清楚。地點就在面對小河的細徑途中，農閒時期的雨天，沒有人會來巡視田地。

在一年不知道有沒有整理一次的校舍周遭，草木蔓延叢生枯萎，大半已經回歸田野。美鄉在傘下稍微四處張望確認周遭後，偷偷溜進廢校舍中。

——之所以回想起十年前的回憶，大概全因這滴滴答答下不停的五月雨吧。……絕非這通在耳邊重複相同內容將近兩小時的電話的錯。應該是如此。美鄉一開始邊寫筆記，誠心誠意傾聽市民「諮詢」，但也在開始重複第五次相同內容時不小心放空了。

「——是的、是的。那麼我們會直接去現場調查……不，我們會立刻回電給您。是的，我明白了，是的，那我先掛電話了。」

努力擠出慎重其事的聲音作結，確認電話已經掛斷後，美鄉才終於放下話筒。擺在右手底下的筆記紙，已經畫滿神祕的圖樣。從背後經過的辻本還留下一句「宮澤啊，你那個要好好燒掉，確實處理乾淨喔」。沒呀，美鄉沒有在畫符咒的意思。

轉轉拿話筒拿到累的左手，抬頭一看牆上的掛鐘，就快到下班時間了。雖然是日照時間長的時期，但在厚重雲層覆蓋下，外頭景色相當昏暗。

放下畫出真面目不明的疑似符咒的筆，拿起一旁的滑鼠滑幾下，進入睡眠模式的筆電螢幕再次點亮。畫面中央的小小視窗上，通知進行到一半的文書處理系統作業時間已經逾時了。

得在今天內完成草擬的工作委託還有五件，看著排列在筆電前的申請書，美鄉重重嘆一口氣。他慢吞吞地從抽屜中拿出新的申請書，寫下電話內容後蓋下受理印章。

「組長，有人打電話來委託調查，說無論如何，無～～論如何要我們明天去，要不然他就要上吊去死。」

美鄉無力地垮下肩膀，把申請書交給坐在組長座位上的芳田。芳田接下申請書迅速確認內容後，「喔啊」一聲摸摸下顎。

「啊～這個人大概半年會打來一次，每次去看都不是什麼大不了的事情，哎呀，我再回電話給他吧。」

朝點點頭如此回應的組長深深一鞠躬後，美鄉腳步不穩地走回自己的座位。這個單位似乎有幾個和這次一樣的「常客」。「這一次是宮澤抽到啊。」前輩們開始熱烈談論起被當成名產看待的「常客」，美鄉也只能回以苦笑，再次登入文書處理系統。

前輩職員們的聊天話題，慢慢轉變成他們自己的日常生活及家人。總共只有十人左右的特殊自然災害組中，除了美鄉之外全部已婚。職員幾乎全都超過三十五歲（把美鄉算進去，辻本還是第三年輕。因為有段時間極度限縮錄用人數，人員年齡分布失衡這點和一般企業沒什麼兩樣），話題也以育兒和學校為中心。無法加入對話的美鄉，只能邊當耳邊風聽邊處理文書工作。

結果，回到家時已經完全天黑了。

今天異常疲憊。明明沒有到處跑，也沒有耗盡心神去消災除靈。反而可說是完全沒有外勤工作，只是不停處理文書工作與接電話的一天，但不習慣的工作讓精神更加疲憊。

寄宿的狩野家別屋裡，有四坪大的西式房間和三坪大的和室。比他原本預定要租的套房大上一倍，西式房間裡還有流理臺。美鄉自己搬進冰箱、微波爐和電磁爐，所以也可以在這邊自炊。為了省錢他都盡量自炊，但今天真的沒有力氣了。

連思考要吃什麼都讓他感到無比麻煩，美鄉直接朝當寢室用的和室前進。連從壁櫥中拿出棉被也嫌麻煩，直接倒在榻榻米上。

美鄉躺著眺望微微透光的紙拉門一陣子後，才慢吞吞地起身拉開落地窗。帶著青草香氣，富含溼氣的空氣流入室內。自從上週宣布進入梅雨季後，灰色昏暗的天空彷彿想要達成自己的義務，每天落下雨珠。老實說，美鄉很感謝雨天。因為他討厭初夏無比乾燥的空氣，以及幾乎可說充滿攻擊性的熱烈陽光。

雨滴落在草木與池子裡的聲音作響，低垂的雨雲反射遠處城市的光亮，淡淡地照亮周遭。美鄉環視著在黑夜中，沒有影子也沒有色彩，只能隱約看見物體輪廓的庭院。

中庭一邊是灰泥塗料砌成的土牆，另外三邊被建屋圍繞，是個小又昏暗的場所。引入山泉水的水池周邊種植了庭園樹木及觀賞用的花草，原本似乎是個深有趣味的空間。但美鄉搬來整整兩個月了也完全沒著手整理，現在仍被茂密的雜草埋沒。

「啊，那個應該是新種吧……」

「撲通」，池塘掀起了非雨滴造成的波紋，美鄉探出身體。黑夜中也特別昏暗的常綠樹蔭下，有在「光」下看不見的東西嬉鬧著。

這個中庭是個容易聚集小妖怪的地方，有蟲或小動物大小的小妖怪，以及剛出生的幼體會和泉水一起從山上下來，聚集在這裡。原本的位置條件，加上空屋很長一段時間被丟著不管，而且現在也沒有力氣管理，這個中庭已經變成妖怪們的樂園了。

美鄉只張設了簡單的結界避免它們進屋，對盤據中庭的妖怪們置之不理。雖說是妖怪，來的也不是邪惡的東西。似乎越大型的妖怪越討厭美鄉的氣息，這邊只有小型的山之精靈會出入，拿來當成發呆時眺望的景色正剛好。

來看他狀況的房東傻眼地形容這是「妖怪群落」，但也沒有責備他，還說隨他開心。雖然也說了「要是有棘手的來要記得趕走喔」，但起碼這兩個月，都沒有大型妖怪來到中庭。

這裡除了位置讓妖怪容易聚集之外，加上原本是富農的宅邸，所以腹地無謂地寬敞。住在這邊的伶路也嫌四處趕妖怪麻煩，這也是他邀請正好同業的美鄉一起住的理由。簡直把美鄉當看門犬對待——實際上比較接近防蟲吧，美鄉想著這種無聊的事。

「呵呵，今天也真熱鬧呢。」

因為幾天前開始下不停的雨，注入池中的山泉水增多，在池面跳躍的東西種類也增加了。發現新來的妖怪後猜測它的種類是美鄉不為人知的樂趣。

夜風輕輕吹拂過美鄉胸口，吹乾他因悶熱冒出的汗水，舒服得令他瞇起眼來。只聽見細雨聲、蛙鳴聲、遠處小溪流水聲，以及注入池中的水聲。別說城市喧囂，這裡安靜得連車子引擎聲也聽不見。半夜偶爾還會聽見貓頭鷹或杜鵑的叫聲。雖然怜路嘆氣說到了秋天，野鹿會變得吵鬧。

抬頭看著陰天，美鄉突然對現在身處於此感到相當不可思議。為什麼會在這呢？是為了什麼來這無親無故的土地呢？答案很簡單，是來工作的。工作是為了要活下去。那又是為了什麼活著呢？

被這奇妙的疑問困住，大概是因為太累了吧。

美鄉絕對沒有抱著可以活用自己的力量與知識，展現三頭六臂大活躍的期待來到這裡。他的經濟沒有寬裕到容許他用「和我想的不一樣」為理由辭職，也沒有後援者。美鄉在高中畢業的同時與家裡斷絕關係，下定此後再也不會跨進家門的決心離家。

他和父母、兄弟姐妹的關係絕對不差。

美鄉出生於繼承特殊祕咒的古老咒術師家族。但身為一族之長私生子的美鄉，立場太複雜了。因為他稍稍有點才華，就被捲進家族內部的政治鬥爭中。結果，讓他在非常不情願的狀況下與家裡訣別。

——造成美鄉離家的那個「事件」，至今仍在他心中留下巨大的傷痕。

呆然陷入回憶中的美鄉，終於重新振作精神後站起身。脫下仍穿在身上的工作服襯衫與西裝褲，從當衣櫃用的收納櫃中拿出睡衣換上。一連串動作大幅扯動內衣背心，布料摩擦他的後背。

左側肩胛骨傳來被拉扯的感覺，讓美鄉不悅地皺眉。

這種類似手指倒刺被倒著撫摸的感覺令人不快，今天這樣疲憊的夜晚特別強烈。

睡前美鄉拉開睡衣單邊衣領，伸手撫摸左側背部。

他使用對肌膚負擔小的黏著劑，在肩胛骨貼上一張符紙。

大概得與「那個」相處一輩子，偶爾會讓美鄉感到無比憂鬱。

在職場中會聽到養兒甘苦談，以及夫婦吵架的最後結局。這些每日談論著唉聲嘆氣卻也透露出幸福的話題，美鄉只能在旁應和著。如此聽聞大家理所當然的日常生活，理應會走上的「普通人生」道路，這大概是美鄉窮其一生都不可能得到的東西。

說出口肯定會被嘲笑吧。前輩們或許會傻眼地表示還這麼年輕，出社會第一年的菜鳥是在說什麼啊。

美鄉來到巴市後，沒有對任何人提及身體裡的那個東西。不對，肯定不管上哪找，都沒有人能讓他傾訴四年前起住在身體中的「那個」吧。

看見處在同業界中人們的「普通幸福」，偶爾會讓他感到無比沮喪。

就連身處一同工作的同伴裡，自己也是外來者的感受，彷彿冰冷的金屬銼刀不停磨削他的內心。

明明腦袋從裡到外無比疲憊，但蓋上輕薄的棉被仍遲遲無法入睡。

輾轉反側，半夢半醒間想起白天喚醒的回憶的後續，雨聲引領美鄉的心走回十年前。

——美鄉在放學路上跑進去的廢校舍，是當地知名的鬼屋。

幾乎所有廢墟都有許多的傳說謠言，也是試膽大會的聖地，這裡也不例外，有許多人說過「真的有」、「看見了」，而實際上，確實從空無一人的音樂教室傳出鋼琴聲。

「打擾了……」

美鄉不自覺地打著招呼拉開嘎吱作響的拉門，原本隨意作響的旋律愕然靜止。眼前是布滿塵埃失去光澤，隔音用的厚重牆壁以及鋪著地毯的地板。

教室裡的講臺上，在畫有五線譜的黑板旁，一架三角鋼琴就擺在那。

美鄉靠近變得沉默的鋼琴，琴蓋還蓋著，也沒有人曾坐在椅子上的痕跡。他稍微煩惱一下後，在椅子上坐下。

「……請問，你彈了什麼曲子？」

美鄉對著鋼琴問。如果是鋼琴自己發出聲音，那或許不應該說是彈，而是該說「唱」吧。

鋼琴沒有回答，所以美鄉掀起琴蓋。即使美鄉敲打滿是塵埃的鍵盤，也沒發出任何聲音。鋼琴已經被丟棄在此好幾年，早已在久遠以前便失去了聲音。

「咚」，但鋼琴彈奏了一個聲音，聲音不明亮。美鄉沒有學過鋼琴，連這是「Do Re Mi Fa So La Si」的哪個音都不清楚。

「咚、咚咚、咚隆隆」

鋼琴彷彿說話般發出聲響，美鄉想要聽清楚鋼琴在說什麼而專注意識。

「你來這裡要做什麼？」

響亮有力的男性美聲，突然掃過美鄉的耳朵。這是叫做男高音吧。沒想到竟然會在此出現男性，美鄉忍不住尖叫。接著男性愉悅的笑聲在美鄉背後響起。

男性的大掌擺在美鄉雙肩上，美鄉忍不住轉過頭，追著映入眼簾的黑色禮服袖子往斜後上方看。

「是誰規定鋼琴幽靈一定要是長髮美女啊？鋼琴可是陽性名詞呢。我只是閒閒沒事做在哼歌而已。」

充滿抑揚頓挫感情豐富的聲音，如唱歌般說話。美鄉看見的，是一位將亮澤黑髮梳得服貼的壯年紳士。美鄉在內心想著，與其說他是一位鋼琴家，他更像一位歌劇歌手。

「你很閒嗎？」

「這個季節少有來客啊，而且，前幾天有公所的人來……這裡也會在春天前拆掉了吧。」

「所以才唱歌？」

「我心想有沒有像你一樣，能聽見的人會來。」

他這充滿惡作劇的笑容，非常有「樂器」的感覺，感情相當豐富。

「那麼，你來這裡做什麼？」

「……我覺得，有人在叫我。」

「小朋友你還眞敏感。自己一個人來這種寂寥的地方，你在學校被欺負了嗎？」

這鋼琴說話超不客氣。

「沒有，不是那樣。只是大家都在忙補習或社團，沒有其他人在這個時間回家而已。」

「那你不補習或參加社團嗎？」

「沒有，……平常在家裡練習或修行。」

「喔～」鋼琴深感興趣地點點頭，居高臨下緊盯著美鄉看。

「你該不會是『鳴神』家的孩子吧？」

「你知道？」

或許可說真不愧是在這塊土地上生活已久的鋼琴吧。

「這是當然，鳴神可是名門中的名門，這附近沒人不知道吧。我見過幾次分家及親戚關係的孩子，你也是嗎？」

這個問題讓當時即將要升國三的美鄉有點煩惱。

「——我是族長的兒子……但是，不是鳴神家的家人。」

美鄉很早就知道自己是私生子，但此時的美鄉才剛知道自己雖然冠上「鳴神」的姓氏，他戶籍上的父親欄位卻是空白的。

「但你繼承的力量並非虛假，我也很久沒能這樣擁有清楚的人形了。」

鋼琴毫不在意美鄉充滿憂鬱的回答，開朗笑著。

被稱為妖怪之物——自然界或是器物的精靈，就算存在於此，只要沒被人看見，就沒有辦法維持形體。它們的「外型」並非自己擁有的東西，而是人類和它們之間「倒映出來」的東西。

它們的存在感越大，連咒力或敏感度低的人也能感受到。而像美鄉這樣咒力和敏感度都很高的人，即使是小妖怪也能看見，如果是存在感很大的妖怪，看起來就跟有明顯實體沒兩樣。

美鄉天生就對它們這些居於暗處的居民敏感度很高。這是從前不久才知道戶籍上不認自己是兒子的父親遺傳而來的力量。

鳴神是擁有龍神血統的家族，直系血緣擁有很高的咒力。就是有如此能力的家族。

「……我沒有被欺負，也不討厭練習和修行。」

只不過，只是剛好在這天，想要找一個誰也看不見的地方和誰說說話而已。雖然這話有許多矛盾，但這種時候，像鋼琴這樣的對象正剛好。

但大概是在學校裡待太久，早已練就有板有眼教師模樣的鋼琴，無奈地嘆了一口氣之後，雙手叉腰——。

在平日白天的住宅區中，響起了非常不合時宜的馬匹粗亂鼻息以及馬蹄踢地的聲音。在心情不悅的陰天底下，身穿工作服的美鄉盯著失控的「敵人」看。眼前芳田的矮小身影，帶著比他體型大上一倍甚至兩倍的威嚴與敵人對峙。

和美鄉相同，身穿灰色工作長褲以及豔紅夾克的芳田，從掛在皮帶上的劍套中拔出密教法具的寶劍。在溼度與氣溫皆高的這個時期穿長袖夾克真的很痛苦，但與妖魔對峙時穿著露出手臂的短袖POLO衫風險太高。感覺汗水流過額角，美鄉伸手擦拭眼角。

「臨兵鬥者皆陣列在前！」

寶劍劃出四縱五橫的九字切，獨目巨馬被芳田的法力打飛，終於倒在公園的地上。芳田迅速反握寶劍，用劍柄上的三鈷杵——形狀為三叉狀的長槍尖端對著倒下的馬妖。

「支配一切，金剛童子，抓住它，童子。承我不動明王正身本誓，發大願降此惡魔。如若不賜與我束縛之力，則為不動明王之過失。怛羅吒，憾滿，毘悉勃柯，薩婆訶。」

咒語朗聲響起，馬妖的尖銳嘶聲在周遭迴蕩，被稱為野馬的妖魔，口吐白沫拚命掙扎著想站起身。劃動沙地的馬蹄逐漸失去力氣，美鄉是第一次近在眼前看見伯耆大山系統修驗者芳田的收妖場面，他不禁屏息。

用法力束縛散播原因不明高燒瘟疫的野馬後，芳田將其封印於竹筒中。除了美鄉以外也有其他幾名輔助的職員在旁，但大家都沒有出場機會。

完成封印的芳田轉過頭看美鄉等人，美鄉和芳田對上眼的瞬間，感覺肚子裡的東西一陣騷動。該不會吧，美鄉慌張地低下頭。

（是在害怕組長嗎？）

如果是這樣就糟糕了，美鄉一瞬間陷入混亂，沒有發現腹中居民「真正起反應之物」的氣息。

就在職員們七嘴八舌對著芳田說「辛苦了」之時。

準備要撤退的芳田，臉色大變停下腳步。

「宮澤！」

美鄉背後，響起粗亂的鼻息與高響的馬蹄聲。

美鄉根本沒時間回頭。腦海光閃過「竟然還有另一頭」的想法都費盡全力了。

就在此時。

「散！」

芳田的喝聲，穿過周遭的喧囂，直接貫穿美鄉。

遭受彷彿直接打上五臟六腑的重擊，美鄉體內的東西發出不成聲的尖叫，美鄉摀住嘴巴跪地。

「宮澤？」

只是要收伏野馬的芳田嚇得大叫跑過來，肚裡那個已經認定對方是「敵人」的東西，在體內躁動對著芳田齜牙裂嘴。美鄉拚命地安撫它，努力站起身體。

旁邊的其他職員正在對付第二頭野馬，不可以在這邊扯大家後腿。美鄉拚命忍下不停湧上的噁心感，強硬制伏想要跑出來攻擊芳田的東西，用盡全部力氣故作平靜地回應：「我沒事。」

「——不好意思。」

美鄉低頭道歉，勉強扯動臉頰肌肉，露出笑容。

「我只是嚇了一跳，謝謝組長。」

芳田對此露出費解的表情似乎有話要說，但正在應付野馬的職員大喊著他，他們已經制伏野馬了，希望芳田可以幫忙封印起來。

「如果是這樣就好了，還是感覺很不舒服的話，要立刻跟我說喔。」

「好的，謝謝組長。」

美鄉彷彿要遮掩表情般深深一鞠躬，目送芳田離去。

「你害怕他人目光嗎？」

深邃溫柔且真摯，男高音的聲音在腦海中重播。

鋼琴這個問題，十年前的美鄉無法點頭也無法搖頭。

「對你這麼敏感的孩子來說，像我這種存在或許一點也不稀奇。但是……毫不畏懼也讓人有點傷腦筋呢。」

身穿學生制服的美鄉不知不覺中低著頭，不存在的大手摸摸他的頭。

「扼殺想對他人發洩的情緒，淨是悶在心裡會讓你染上黑暗。越敏感越細膩的孩子越危險。『不怕』我們並不是一件好事，你討厭你所居住的現世嗎？」

老實說，當時的美鄉就算是場面話也說不出「喜歡」。

「你偶爾可以試著情緒化一點。你沒有必要害怕讓人知道你活生生的情緒。……你『活著』，那麼會有活生生的情緒也是理所當然。」

沒想到竟會被這深邃的美麗男高音說教——但美鄉看見自己握拳的手被淚水染溼時，這才察覺自己一直想聽到有人對他如此說。

「如果過度扼殺情緒，你就會連自己的情緒上哪去了都搞不清楚。音樂就是感情。身爲一個演奏音樂的存在，你心中的音樂若是死亡，我會感到非常傷心。在鏡子面前哭泣也沒有意義，痛苦時就要在人前哭泣。」

——不是在我們這樣的存在面前，而是在活生生的人類面前。

「來我工作的居酒屋吃飯吧。」怜路如此邀約美鄉時，單純是因為在自己工作的地方請客是最方便快速「回禮靈符」的方法。美鄉正經八百地完成了怜路只是想到什麼說什麼的請託。

這位非常認真的美青年閣下，似乎把怜路一開始說幫忙管理房子也是房租一部分這句話當真了。但怜路也沒有笨到不知道請人那樣規矩地用靈符張設結界需要花多少錢，簡單來說，就是讓美鄉做白工怜路會過意不去。

一般來說，在居酒屋不喝酒精飲料不是件值得鼓勵的事，但又不能讓美鄉酒駕，所以怜路打算點杯無酒精的烏龍茶給他，這點也只能請多見諒了。而且怜路和美鄉的家也沒有近到可以叫計程車或是請代駕。讓美鄉坐在怜路負責的鐵板面前，怜路親自替他點餐就沒問題了。

當初說過「你隨時都可以來」後，美鄉也完全沒有露臉，所以今天怜路強制替他訂好位。怜路對店裡說「今天會有朋友來」後，只會說些沒品沒氣質玩笑話的店長還大爆笑說：「你竟然也有朋友啊。」

怜路仍舊戴著墨鏡，用繡有店名的黑色頭巾遮掩金髮，身穿相同黑色的圍裙，他抬頭看店裡的掛鐘，預約晚間六點的寄宿人也差不多該來了吧。

「小怜啊，怎麼啦，你今天怎麼特別在意時間啊。」

坐在斜前方喝酒的常客，似乎發現怜路心浮氣躁靜不下來。順帶一提，怜路正面的座位上擺著「預約席」的牌子。

「啊啊，沒有啦，只是想說預約的人差不多該到了。」

老實回答後，對方說著「喔喔，原來如此啊。」接受這個說詞，常客在那之後完全對怜路失去興趣，開始和隔壁的常客聊起天來，聽說鄰市出現了大野狗。

雖說是鄰市，這一帶在平成市町村合併政策下，變成一個彷彿九割山般好幾個「市」並排在一起的地區，如果不越過一兩個山頭也沒辦法抵達巴市——怜路偷偷地把這個消息放在心中。

怜路工作的地點，就在市公所隔一條路上。周圍並排著頂多只有兩、三層樓的古舊小建築，這附近的一樓租戶幾乎都是居酒屋類型的店家。

怜路工作的店也是間面寬狹窄，除了吧檯席之外只能擺幾張桌子的細長小店。沒有會受女性或年輕人歡迎的時尚感，會來的都是在附近工作得筋疲力盡的常客們，是新顧客難以跨入的空間。

怜路邊照看著設置在細長店內最深處的鐵板，邊在意時鐘大約十分鐘，入口的鈴鐺「匡啷」作響，店長「歡迎光臨」的沙啞聲在前方響起。將用鐵鏟翻面的骰子牛移到鐵板邊，蓋上蓋子使其悶熟，怜路抬起頭。前方是吸引所有常客視線而一臉不自在地站在狹長通道上的寄宿人。

「喲，歡迎光臨，坐這邊吧。」

怜路指著預約席的牌子笑了。把公事包抱在胸前縮起身子的美鄉，戒慎恐懼地來到這家店。

「辛苦啦，你有好好把工作解決了才來吧。」

令人意外的，市公所很常加班。當然也因單位而異，但才上班沒多久，美鄉已經除了「不加班日」外，幾乎沒一天準時下班了。

「嗯，與其說解決……倒不如說今天已經到極限，所以丟下工作下班了。」

看著美鄉微低著頭小聲說話的樣子，怜路內心「咦？」的一聲感到不解，雖然美鄉平常也沒多活潑，但現在似乎有點沮喪。

「那還真是辛苦你了。這種時候要準備晚餐也很麻煩啦，正剛好，吃些喜歡的東西再回家吧。我請客，你別在意錢。」

怜路邊說邊把準備好的烏龍茶遞上前，美鄉一臉疲憊地愣愣看著菜單，回以「喔謝謝」的虛弱回應。看見寄宿人點了毛豆和醃漬小黃瓜的拼盤，涼拌豆腐等便宜下酒菜，怜路無奈說著「你也吃點肉吧」邊替他點餐。

「我狀況不太好，沒辦法吃太飽食的東西。」

寄宿人消沉地如此低語，看來他身心都已經虛弱到極限了。

「啊，身體狀況不好也沒辦法了……如果你很累，那就喝點酒吧。我今天十點就下班了，你在這邊等著，我可以開車載你一起回去。」

如果是精神方面問題，藉酒消愁也是個方法。雖然明天早上也得送他上班，但反正都要回同一個家。怜路隨口一說後，美鄉彷彿看見無法理解之物般抬起頭。

「不，再怎麼說都不能麻煩你到那種程度。」

這麼說完後打直腰桿的公務員閣下和怜路之間，生活的環境以及價值觀大概都有天壤之別的差異。十五歲左右就和養父分離，無依無靠的怜路，重複著與各式各樣外人剎那間的「互相幫忙」活到現在。

有需要時就隨便黏上去撒嬌，有時也會為了不怎麼親密的人兩肋插刀，對方不會要求什麼回報，同樣的自己也會原諒對方的無情。他在這狹隘封閉的特殊世界——坐落於都市角落個人經營的祈禱師們中，建立起這般看似深入其實膚淺的關係。

與之相比，宮澤美鄉這男人肯定是在安穩的環境中，受到良好關於自立與責任感的教育下長大的吧。從他言行舉止中可窺見的認真與端正禮儀，就怜路來看，甚至覺得他嚴肅到簡直可說是客氣。

「別那麼嚴肅，總之先吃個鹽味烤雞腿肉如何啊？都來居酒屋了，你別來吃素就走啊。」

把煎熟的骰子牛盛盤後交給其他店員，怜路自作主張煎起鹽味雞腿肉。雖然說是烤雞，但這是在鐵板上煎烤的烤雞，所以沒有叉成串。美鄉露出有點不知所措的苦笑，點點頭說：「謝謝你。」

在鐵板上煎肉，油脂迸跳的聲音作響。美鄉無言地看著怜路工作一段時間後，突然冒出一個疑問。

「那個，怜路在這邊工作多久了啊？你的動作好熟練喔。」

寄宿人對怜路操作鐵鏟的熟練技巧感到佩服，怜路回禮說著：「謝啦。大概從去年夏天左右開始……所以快一年了吧。」

因為深夜跑來家裡的妖怪真的太吵了，怜路幾乎可說是落荒而逃開始在深夜營業的居酒屋工作。美鄉來了兩個月多一點，怜路也完全習慣已經變得安靜的夜晚，但他原本就幾乎都是深夜班表。順帶一提，他就算不打工也有足以生活的儲蓄與收入。

「然後，要喝什麼？反正我們回同一個家，你別客氣。痛苦的時候沒什麼比喝酒訴苦更棒了。你就大喝一場大吐苦水然後醉倒吧，我會把你撿回家。」

「——……我的臉色有這麼難看嗎？」

怜路雖然覺得自己多事雞婆仍不停勸酒，美鄉露出無力的笑容歪頭。

「在跑來喝酒的人當中，你的臉可以分類為重病了。啊，但要抱怨職場的話要多注意喔，常客裡不少市公所的人。」

要是喝醉說壞話的人就坐在後面，那可真笑不出來呢。怜路如此開玩笑，美鄉低下頭猶豫了一會。美麗的寄宿人再次抬起頭時，咧嘴一笑搖搖頭。

「不，還是算了，我不太容易喝醉。」

這令人意外的拒絕之詞，讓怜路說著「是喔」揚起單側嘴角。看見這位美麗纖瘦一點也不可靠的青年，應該少有人能想像他是個酒豪吧。

「你還真有自信吶。」

挑釁地說完後，美鄉也說著「是啊」輕輕瞇起眼睛一笑，看來他是認真有自信，怜路也笑著說：

「有趣，那可真好，下次等你身體狀況好時，我們來拚酒吧。」

怜路邊用鐵鏟鏗鏘翻轉雞肉邊說，美鄉點點頭回：「可以啊。」

4

殘留物與拾遺物

關上筆電，收拾好辦公桌後，美鄉拿著公事包站起身。

時鐘的短針正在六與七之間慢慢移動，梅雨季似乎還要一、兩週才會結束，但今天下午開始放晴，窗外還是「藍天」。工作方面隨著舊曆七月——也就是盂蘭盆節接近而逐漸變得忙碌，但今天大家都似乎早早將工作告一個段落，許多位置已經空了，剩下的職員也閒聊得起勁。

今天的話題是熊。聽說鄰接巴市北側的山上，有喜好吃肉的熊出沒。這幾個月常在巴市邊界發現被啃得亂七八糟的動物屍體。

熊是雜食性動物，聽說也常啃咬已經死去動物的腐屍。但這次的熊似乎也會捕食獾類這些小型動物，職員們正熱烈討論說不定也會攻擊人類。

「啊，宮澤，辛苦啦。」

發現美鄉已經做好下班準備，鄰座的辻本朝他打招呼。對此美鄉點頭回應：「那我先下班了。」後離開辦公室。

（晚上……該吃什麼好呢……）

邊回想家裡冰箱有什麼，邊走下老舊昏暗的樓梯步出大樓。下一秒，附近居酒屋的排氣管送來了香噴噴的烤肉香氣。美鄉不禁直冒口水，腳差點就要往房東工作的居酒屋走去。

「……啊，不行不行，現在可不是做這種事……」

美鄉慌張停下腳步搖搖頭。

自從上個月幾乎是被強制的請客後，美鄉已經又坐在怜路負責的鐵板前好幾次了。

回想起不需要動手只要坐著就有食物端上桌，連收拾也不必的輕鬆，疲憊的大腦很難抗拒那股誘惑。而且與外表相反（像這樣每次提到他都在前面加上這一句，也差不多該不好意思了）個性極佳的房東很照顧人，但也不會過度干涉他人的私事。邊和他聊天邊吃晚餐，是很好轉換心情的方法。

——只不過，理所當然的，「輕鬆」就得付出對等代價。

稍微拉開公事包，美鄉確認錢包裡的狀況。才月初，原本應該是經濟最寬裕的時候，但美鄉現在正處於苦境中。微薄的獎金早已化作消耗品後，又花了一筆和車子相關的費用，帳戶餘額變得相當稀少。再怎麼說，現在都沒辦法奢侈地去居酒屋吃飯。

前幾天他甚至忘了錢包分文不剩就走進居酒屋，還讓房東替他代墊了餐費。狩野怜路相當擅長解除對方的客氣與警戒心。至今從未與朋友有過金錢借貸關係，理所當然認為均攤就是要細算到一圓單位的美鄉，生平第一次在吃飯時賒帳了。

（上次和他借的那筆錢，他說和下個月的房租一起給就好了……）

那麼期待下個月的自己，今天也去居酒屋吃飯吧。

「唔——，還是算了……」

心情一瞬間產生搖擺，差點又要轉變方向，但美鄉回想起某個現實狀況，直接朝停車場走去。

這個月的房租也還沒付啊。如字面所述，他這句仰天低語，溶入逐漸變深的天空中消失了。

「吃剩飯的有福氣。」這世上有這麼一句諺語。但在狩野怜路的認知中，這句話只用在毫無選擇餘地被迫接受剩餘物之時，或者放棄爭奪順序時。並非因為太可惜總之把剩下的撿起來，這種小氣的行為。

怜路不討厭撿剩下的，但也要看東西。更別說因為礙事而強迫別人接受了，簡直荒謬至極。他可恨地瞪著眼前這個物體——在職場上硬被塞下的「剩餘物」，如此思考著。

「話說回來，到底是為什麼會覺得這種東西可以賺錢啊……」

地點是位於距巴市中心車程二十分鐘，坐落於山間的古民家中，現在已經變身為怜路寢室的起居室。身邊堆滿漫畫雜誌及垃圾，怜路盤腿坐在亂七八糟房間中長年沒收的被褥上，瞪著這個「剩餘物」。

端坐在眼前的小茶几上回看怜路的，是需要用兩手環抱大小的金光閃閃招財貓。貪婪舉起雙手想攬客又想招福的招財貓，身上的塗料明顯很廉價，臉蛋造型更是充滿惡意。

「哎呀，包含這部分在內可說是『壞東西』吧，而且還抓住對方的欲望，趁虛而入。」

在怜路身邊吃他從職場帶回來的員工餐當消夜的，是怜路從公園撿回來的美貌貧困公務員宮澤美鄉。看他邊欣賞邪惡招財貓邊悠哉地吃東西，他仍然擁有對棲息暗處者的高度耐力。就怜路偶爾所見，中庭裡的妖怪群落仍然順利發展中。

說來說去已經寄宿在這邊整整三個月，美鄉看起來也習慣這邊的生活了。意外的，他是個招呼一下也願意離開自己房間奉陪的人，兩人會一起整理庭院或是拚酒，也像這樣來往彼此的房間——順帶一提，酒量尚未分出勝負。

「結果他最後終於察覺這是個不得了的東西，還想要免費解決強迫我收下它……」

怜路雖然滿口怨言仍把這個沒品味的招財貓帶回家，全因對方是他無法拒絕的對象。突然從天而降，不僅麻煩還沒賺頭，甚至無從拒絕起的委託，讓怜路移開墨鏡揉揉眉間。

「我記得招財貓應該是右手招福、左手攬客吧。看它金光閃閃，應該是會招財運……為什麼要吐舌頭啊?」

美鄉邊說邊深感好奇地戳招財貓鼻尖，下一秒，招財貓的眼珠一轉。

「嗚哇!」

美鄉嚇得往後倒。因為怜路在美鄉窩在被窩裡滑手機時拉他過來，所以美鄉一身睡衣打扮。不知道他有什麼堅持，他的「睡衣」不是西式睡衣也不是運動服，而是白色和服。不小心在深夜的昏暗走廊上碰見會嚇死人。

對在一天結束時突然從天而降的不講理感到憤慨的怜路，不想要單獨背負這個心情睡覺，看見別屋還亮著燈光，就把寄宿人牽扯進來了。這種時候，謎團甚多的寄宿人意外的不會一臉不高興。

「啊，這傢伙會動喔。放在車上帶回來的途中也吵得要命……」

從居酒屋下班時，店長強硬塞進他車裡的邪惡招財貓，在回家路上也不停在後座發出聲響。

怜路一手靠在茶几邊緣撐著下顎一手摸索口袋，有氣無力地刁起一根菸。這聽說是店長從破產的朋友手中，當作債務抵押品收下的東西之一。

「其他東西拿去換錢或處理掉了，只有這個怎樣都無法處理，正確來說是不想要離開店長的樣子。」

也就是纏上店長了。店長的朋友該不會也是因為這傢伙而破產的吧。

「所以他就把這種東西當『禮物』塞給我，那個死禿子……」

居酒屋打工是伶路的副業收入，他的本業是祈禱師。店長很想要解決這明顯怪異的東西，但又不想付委託費。大概是基於這種心態才把東西塞給伶路吧。手段是很強迫中獎，但店長默許伶路在店裡拉生意，所以伶路也無從拒絕。從過去的委託人等口耳相傳認識伶路的人，大多都會來到那個吧檯前。

「就是啊，那種吝嗇心態就會吸引這種東西啦。」

伶路邊口吐惡言邊吞雲吐霧，討厭香菸的寄宿人，皺起眉頭刻意做出揮手趕煙的動作。

「就算沒辦法推回去，我也不想做白工封印或是除靈。」

用來封印或除靈的道具也要錢，就算靠蠻力鎮壓，也是浪費力氣。

「那你打算要怎麼辦？這也沒辦法當成大型垃圾丟掉吧。」

美鄉沒學乖地邊檢視招財貓，投以傻眼的眼神。他似乎覺得這動作奇怪的招財貓很有趣。伶路「嗯～」的看著天花板。

「……麻煩死了，乾脆賣掉好了。」

這世界上有想要詛咒物品的好事者，也有為了「有效利用」而購買這類物品的人。只要丟進這類人出沒的黑市中，扣除手續費後應該還可以賺點零用錢。

「哇，好差勁……你也打算靠這傢伙賺錢嘛。」

瞪了在旁邊碎碎念的寄宿人一眼，怜路叼著香菸濾嘴，單側臉頰往上吊。

「囉嗦，比起這個，你這傢伙快點繳房租啦，要是拖太久，小心我要你用身體還。」

不知不覺中，彼此說話已經不太客氣了。

對啊，最糟就是讓這傢伙解決就好。怜路在心中為自己想到的好點子拍手叫好。

怜路收取的房租，是含水電等雜費在內三萬日圓的破盤價，但美鄉因為新生活的新購物品，還要償還學貸、車貸等等，薪水入不敷出的公務員閣下，住進來才三個月就開始欠繳房租了。

當然鄉下地方的市公所沒有高薪的印象，即使如此，連這點錢也付不出來就需要商榷了吧。這種狀況，就算他得以入住搬家當時決定的公寓，可能也沒辦法生活下去。

很好很好，就這麼辦。怜路對自己的計劃感到心滿意足，把口吐不滿的美鄉趕回房後倒在萬年不收的被褥上。摘下在夜晚、在室內也戴著的墨鏡，打開枕邊的筆記型電腦，開始看著液晶畫面尋找買家。

——很幸運地順利找到招財貓的買家，賺到一筆不錯金額的怜路，心情極佳地過了一個月。

七月下旬，在理應收到第四次薪水的美鄉面前，怜路朝他伸出右手。而美鄉則是在怜路面前垂下肩膀正襟危坐。

「差不多點，我今天一定要你全部繳齊。」

在七月薪水發薪日當天，怜路嚴正命令最後仍無法用六月薪水付七月房租的美鄉，要把七、八月的房租領回家。雖然怜路不缺錢，但要是完全不管就無法建立威嚴。再怎麼說也不會把他趕出去啦，如果這還不行，就只能追加他的工作了。和前些日子相同，在美鄉就寢前，怜路剛回到家的時間。怜路這次闖進美鄉的寢室，大大方方在鋪好的被褥枕邊坐下。

「我有聯絡你，要你今天一定要領錢回來對吧。」

怜路催促著「快拿出來」後，美鄉有點不情願地從公事包中拿出信封袋。那是擺在ＡＴＭ旁讓人裝現金的袋子。

「是的，總之這裡是兩個月的房租六萬日圓，遲繳真的很不好意思……」

怜路拎起美鄉雙手呈上的信封袋，檢查內容物，裡面確實裝有六張萬圓大鈔。

「好，我就暫且饒過你，不收遲繳罰款，你可要感謝我啊。」

「還有，我忘了確認在居酒屋的餐飲費……」

寄宿人看著斜下方支支吾吾說著，怜路這才想到，美鄉曾忘了錢包裡沒錢跑去吃飯。

「啊，居酒屋的賒帳就改天再付啦。」

怜路鄭重點頭後起身，美鄉一本正經低頭說「謝謝」，相當坐立不安地慌張抬頭看怜路。

「怜路，那個啊。」

美鄉雙眉下垂露出不中用的表情，相當不好意思地開口：

「那個，付完房租後我手頭很緊……所以如果半夜發生什麼事，請讓我先說聲對不起。」

這不明就裡的一句話讓怜路揚起單眉彎曲嘴角。此刻，露在墨鏡外的視線上半部一瞬間看見美鄉頸部有「什麼」，那是連怜路的天狗眼也無法清楚目視，藏在美鄉身體中的東西。第一次在公園看見美鄉時，怜路偶然看見那東西。

「——嗯，如果無害倒是無所謂啦。」

這並非單純附身在美鄉身上。如果只是被狐狸附身這類簡單易瞭的東西，怜路只要摘下墨鏡就能清楚目視。那不是有強大力量足以巧妙隱身之物，就是用特殊方法附身的吧。聽到怜路這麼說，美鄉點點頭後用想繼續說什麼的表情看著怜路身後。怜路背後是木框拉門，後方就是連結主屋和別屋的走廊。

「然後啊……總覺得，我好像又感覺到那個招財貓的氣息耶，為什麼？」

美鄉訝異地皺起眉頭，露出傷腦筋的笑容歪過頭。

「…………別問了。」

怜路只留下就句話後就離開別屋。

深夜，因為尿意醒來的怜路，拖著因睡意而沉重的身體走出起居室。這個古民家占地廣闊，他睡覺的房間離洗手間很遠。他得走過黑暗的走廊前往集中設置於主屋後方的盥洗區。即使如此，就這類農村古民家來說，走廊上有屋頂已經很好了。

怜路拖著腳步走在只掛著兩盞燈泡的走廊上，踏在冰冷木地板上發出的細小嘎吱聲，在青蛙也沉睡的凌晨兩點顯得格外響亮。

咚。

經過平常緊閉的儲藏室旁邊時，拉門後方傳來聲響。

「嘖」怜路用力咋舌，他也沒有年輕到在這種情境中會感到恐懼。而且他知道發出聲音的東西是什麼，是他在睡前塞進儲藏室裡的東西。

總之先去洗手間解決生理現象，回程時在再次經過的儲藏室前停下腳步，怜路可恨地碎碎念：

「可惡，事情果然沒有那麼容易解決。」

手指勾上門把，用力拉開拉門。拉門沒有非常滑順，發出「喀噹」的巨大聲響。

籠罩在黑暗中的和室內，隨意翻倒在地板上的，是一個月前也曾見過的招財貓。只不過，隱約反射光芒的那個顏色為白色。充滿惡意的臉沒有改變，但原本猥褻伸出舌頭的嘴巴變成叼著「千客萬來」的牌子，基本上偽裝成「別貓」的樣子。

可是即使不重新確認，怜路也立刻察覺，這就是他前陣子賣掉的金光閃閃招財貓。

其實這隻招財貓，在他今天去上班時就擺在店門前。

不用說，怜路一看到它立刻臉頰抽搐。不知道這傢伙到底是怎樣回來的，但它似乎相當喜歡那個店長。而且，明明只是被塗成白色，然後把舌頭換成牌子而已，店長卻沒有發現就是原本那個金光閃閃的招財貓。

（雖然也想過店長可能招誰怨恨，特地送這個來給他……但總覺得，只是它單純喜歡店長所以又回來了啊……）

隨便貼上封印符紙的招財貓被丟在地上，發出「叩叩咚咚」的聲音，怜路厭煩地看著它。因為不忍心丟著不管讓店裡發生什麼事，怜路慌慌張張把它帶回來，但又懶得處理就丟著不管。

對店長來說，被這種不可愛又無法招福攬客（而且大概還會帶來貧困與災厄）的招財貓喜歡上也不會開心吧。說好聽點是「喜歡」，簡而言之就只是「被髒東西看上了」。

怜路嘆了一口氣，搔搔睡亂翹起的金髮轉過身，這種時候，房子寬敞太令人感激了。不管它怎麼吵鬧都不會傳進怜路房裡，不需要擔心妨礙自己的安眠。

明天以後再想辦法吧，怜路悠哉想著，正想要拉上拉門時。

「嘎吱」，走廊那頭傳來地板被重壓的聲音。

燈泡的燈光也稍微晃動。

冰冷的空氣如急流般流過腳邊，這突發狀況讓怜路當場僵硬。

主屋後方的走廊深處，不停傳來嘶嘶細聲。走廊底端，連結著寄宿人安眠的別屋。聲響就從燈泡光線也照射不到的昏暗深處，慢慢朝這邊接近。

燈泡的燈光消失，怜路視線染上一片黑。前一刻還吵吵鬧鬧的招財貓，瞬間靜止動作消滅自己的氣息。

「唵，摩利支，薩婆訶。」

怜路結手印小聲念咒，這是讓對方不易看見自己存在的「隱形術」，接著就這樣悄聲一步、兩步，退後走進儲藏室中。移動地點讓自己隱身在拉門後方。

（話說回來，這該不會是美鄉那隻寵物吧……？）

有個不得了的大傢伙出現了。感覺那根本不是可以藏在人類體內的尺寸。對這無形壓迫空間的氣息，怜路倒吞一口氣。怜路知道美鄉體內養著什麼，但沒想到竟然如此巨大。雖然對美鄉說過「無害就無所謂啦」，但這真的沒問題嗎？

地板嘎吱聲慢慢朝這邊接近，來到儲藏室正面的那個，滑溜地鑽過拉門空隙進入房內。

（是白蛇精啊。）

怜路啞口無言地凝視著發出淡淡珍珠白光的大蛇。

直徑大約有成人大腿粗的純白大蛇，不停吞吐它分岔的蛇信，滑過怜路身邊。見它瞧也不瞧怜路一眼經過他身邊，它的目標似乎不是怜路。隱形術只是「讓對方難以感知自己存在的法術」，如果早已被鎖定目標，這個法術就難以起作用。

看見大蛇並沒有特地尋找怜路，那它到底要幹嘛？視線一轉，前方就是倒在地上的招財貓。

「啊。」怜路根本還來不及反應，大蛇已經揚起蛇頭，下一個瞬間出動攻擊招財貓。

咕、嚕。

大蛇動作敏捷地咬起招財貓，一瞬間就把對方吞下肚。

吞下招財貓後，蛇頭根部和脖子不自然鼓起，那個膨脹也漸漸地往肚子方向移動。

大蛇靜止了一段時間，等到招財貓進到它的胃袋（也不知道有沒有）後，才慢吞吞地轉頭，果然還是對怜路一點興趣也沒有。

不知道到底過了幾分鐘，等到大蛇的氣息完全消失在走廊彼端後，怜路才終於解開隱形術走出儲藏室。

「…………那什麼鬼啦！」

呆然地說出老實的感想。悄然無聲的走廊，早已沒有大蛇的氣息也沒有招財貓的邪氣了。

隔天早晨，睡眠不足的怜路貪睡懶覺時，美鄉來到起居室。

「早、早安啊，怜路……」

怜路抬起沉重的腦袋揉揉眼睛，美鄉拉開一半紙門，從後面偷看他。從半開的拉門可以看見美鄉睡衣衣領凌亂。

「早。」

連拿起枕邊的墨鏡來戴也嫌麻煩，怜路就這樣起床在棉被上盤腿而坐。從美鄉衣領凌亂的頸部，可以看見什麼東西緩慢爬行。

「那個，昨天晚上，有什麼……」

美鄉冷汗直冒支支吾吾地開口詢問，伶路嘆了一口氣。

「啊～那個啊，我算你一個月房租免費。我是不知道你省了它什麼啦，但你對它說，別亂吃東西吃壞肚子啊。」

「啊、好，非常感謝你。」美鄉語調僵硬地道謝。「這麼說來，」伶路接著問：「你是哪裡出身的啊？」

原本要離開的美鄉，立刻停下動作。伶路記得他之前曾經說過是島根縣。

「……出雲。」

聽見美鄉難以啟齒的回答後，「喔～」伶路點點頭。

「說起出雲的大家族，鳴神嗎？」

鳴神一家據傳聞是從神代延續至今，以龍神為始祖極為古老的神道、陰陽道系統咒術師一門，也是這個國家咒術世界中屈指可數的名門。就連敬陪末座的小混混祈禱師伶路也聽過他們的名字。

「是的。」

伶路接著開始驗證在那之後，他花了一晚時間把自己的知識全挖出來建立的假設。

「那宮澤是什麼，分家之類的嗎？還是說……」

怜路裝模作樣地瞇起單眼後，美鄉放棄掙扎從拉門後走出來，跪坐在房門前。

「是我母親的姓，父親姓『鳴神』……我是私生子。」

「果然沒錯。聽到你是山陰的陰陽道系統術師我就該發現了。也就是說，你是哥哥吧？被謠傳失蹤還死掉的那個。」

怜路感觸甚深地點頭雙手環胸，跪坐在他面前的美鄉全身僵硬。彷彿等人判罪的模樣，讓怜路無奈地嘆一口氣。

「我不會因為這種事趕你出去啦，但如果你繼續積欠房租，我可能會考慮吧。」

說起鳴神家的庶子長男，幾年前相當有名，連人在東京的怜路都聽說過。回想起來的確有不少線索，但怜路完全沒往這方面想，也是因為沒想像過竟然是「這樣的傢伙」。

怜路認識的「宮澤美鄉」有點呆，會露出靠不住的傻笑，是個看似人畜無害的青年。但傳聞中「鳴神家長男」的人物形象，和這完全不同。

「不好意思。」

看著消沉縮起身體的貧困公務員，怜路伸了個懶腰，邊搔自己睡亂的頭髮，邊像趕貓狗發出「噓、噓」聲朝美鄉揮手。

「這沒什麼值得道歉啦，我一開始就沒問你。比起這個，你不快點換衣服就要遲到了吧？」

怜路這段話，讓美鄉有點不知該如何是好地起身關上拉門。在房間稍微變暗的同時，怜路再度倒下拉起被子蓋好。因為採光關係，房間沒有那麼刺眼，但麻雀的啾啾叫聲吵得他很難睡回籠覺。

怜路也撿回了一個相當奇妙的東西。但從結果來說，不用親自解決招財貓，就當一切安好吧。

他原本就知道美鄉養著什麼，其實他也偷偷期待著那能變成「防蟲劑」或是「障眼法」之類的東西。

「他就是『鳴神的噬蛇者』啊……還真是真人不露相呢。哎呀，如果無害，不管是蛇還是蜘蛛都無所謂啦。」

如此低語，怜路閉上他銀綠色的天狗眼。

5

憧

雖然是蠻不講理的選項，但這是美鄉自己做出的選擇。是要被蛇吃了結束生命，還是要吃掉蛇活下去。

他不曾後悔過選擇活下去。

即使如此，如果沒有發生「那種事情」。

「如果沒有你……我是不是能活得更輕鬆一點呢？」

早晨，美鄉邊撕下背上的符紙邊低語。伸長手，指尖碰觸到微硬的角質。

美鄉撫觸著擁有人類體溫的蛇鱗。

——即使知道沒有答案，還是不小心脫口而出。那或許變成了引發事件的「詛咒」了吧。

「燙！」

發出「啪滋」的巨大聲響，眼前的青年往後大跳一步。全速轉動的空調冷風，擄走青年拋開的資料。不管外面如何遭受炎夏豔陽曝晒，資料館中都得維持恆溫。

青年單膝跪在狹小的資料室地板上。

「不好意思！你沒事吧？」

藤井香菜慌慌張張跑過來看他，青年縮著身體壓著露在短袖POLO衫外的前臂，忍痛點頭說「沒事」。那很明顯不是沒事，但藤井也搞不清楚發生什麼事。穿著絲襪的膝蓋跪地，藤井邊替青年撿拾撒落一地的日式裝訂的古書籍，邊窺探對方的狀況。

從聲音聽起來，應該是靜電吧。撿拾起來的書中，看起來也沒藏著硬物或是尖銳物品。

在困惑的藤井面前，好不容易忍過痛了，留著奇怪髮型的青年——宮澤軟軟一笑。

「我沒事，不好意思，只是嚇了一跳而已。」

二十出頭，溫和且容貌姣好的青年站起身。他是市公所派來這間巴市歷史民俗資料館幫忙的人。藤井是這裡的新進學藝員，現在正在整理新捐贈給資料館的資料。

早從繩文時代起就有人居住於此的巴市，是古墓群的寶庫。和緩的丘陵一帶是全被古墓群覆蓋的區域，也被指定為國家史蹟，不只被整頓為公園，還建了資料館。

「啊，這個很重的箱子我來搬，搬去那邊的架上就可以了吧？」

朝若無其事繼續工作的宮澤含糊點頭後，藤井也把宮澤撒落的薄薄書籍全部撿了起來站起身。這是蒐集了從繩文時代到江戶時代，各種民間咒術的研究書籍。

這些是熱衷研究的民間研究者的遺物，由他的家屬捐贈給資料館。

（老實說，連他是來幫忙什麼的也搞不清楚……）

到目前為止，除了幫忙搬重物之外沒拜託他做其他工作。而且為什麼不是從負責管理市文化財產的教育委員會，而是從「特殊自然災害組」這個不知所云的單位派人過來這點也是個謎。加上宮澤那以公務員來說怪異過頭的髮型，也讓藤井不禁問上司：「那真的是公所的人嗎？」

上司似乎知道他是何等人物，只留下一句「妳肯定馬上就會知道，自己理解是最好的」後就逃跑了。

唉，算了。藤井吐了一口氣後，撿起宮澤弄掉的整理資料步驟的文件和書之後站起身。

【憧（あくが）れる】對理想的人、事、物嚮往之意。又或者是身心離開該在的地方，徬徨之意。

＊　＊　＊

在豔陽下走著。

溫熱的風輕拂臉頰。

一眼望去，夏草茂盛生長。不對，那是青翠的農田啊。

在景色幾乎全變成白色的盛夏太陽底下，鮮豔的綠色隨熱風搖曳。

腳邊是被雜草侵蝕的柏油路。沒有任何人影。

在車子也不會開過的鄉下縣道，周遭是整片的綠意。

低矮和緩的山麓，透露出生活感的家家戶戶，在灼熱日光下屏息。

悄然無聲。如此想著，接著搖頭告訴自己「不對」，身邊充滿了聲音。

彷彿想要徹底覆蓋聽覺，重重交疊的蟬鳴歌頌著夏日。

聽見遠方的川流聲。

樹葉摩擦聲，在遙遠上空響起的重低音。

彷彿要將孤零零站著的自己完全覆蓋，這個空間充斥著聲音。

滿溢而出的聲音化為白噪音，無法產出任何意義。

純白、純白的炫目世界。

沒有人影。搖搖晃晃地跨出一步。炎夏日光就從正上方往下照射。

濃郁的影子出現在腳邊。白色護欄被青草淹沒。

應該是行道樹的紫薇，淡紅色的花朵隨風搖曳。

色彩太過鮮豔而看起來像是黑白的世界，飄盪著空虛的盛夏寂寥感。

不知道自己該走往何處，便邁開腳步前行。

連自己現在走在哪裡也無法清楚想起。感覺似曾相似，又感覺完全陌生。這是巴市內隨處可見的田園風景。只不過走著走著，一股漠然的不對勁朝他襲來。

這是什麼啊，他轉頭四處張望。

在分不出農田與田畦的青草海中，民家散落其中。有彷彿前幾年才蓋好的兩代共住住宅，也有大方蓋上古舊茅草屋頂的房子。視線角落也看見整個茅草屋頂。破舊得幾乎要崩解融化的廢棄房屋，像是隨時會有居民打開後門走出來的房子。旁邊有輛白色輕型汽車被掩沒在雜草中。

在連獸道也沒有的夏草波浪中，突然出現一棟古民家，感覺沒有用上一片玻璃的極為古老民家。邊對現在還有這種古民家感到佩服，邊從旁經過。

（我是要上哪去啊……）

在燒灼肌膚的日光下，〇〇緩步前進。

＊　＊　＊

全身沉重潮溼。

悶在棉被和身體間的熱讓人很不舒服，美鄉翻了個身。

汗水流過額角和脖子。

頭好痛，身體好沉重，暈頭轉向無法保持平衡。

已經不想繼續待在被窩中，而且非常不舒服想要起床，但坐起身體就讓人想吐。

外頭傳來嘓嘓蛙鳴。

寄宿的房間沒有空調。好險面對中庭的落地窗外還有紗門，只能仰賴外頭被中庭水池冷卻的空氣，以及便宜電風扇的風了。

在關上燈的和室被褥上，美鄉抱住薄薄涼被。

（夏季感冒……中暑……這是什麼啊，總之好難受……喉嚨好乾。）

拖拉著身體起身，抓住枕邊兩公升的寶特瓶。這是他整箱買來的礦泉水，打開蓋子後直接灌下，大概剩下四分之一的礦泉水一轉眼就空了。

蓋上蓋子丟在棉被旁，周圍散落著其他五、六個空寶特瓶。我是哪時喝掉這麼多水啊。

（好熱……討厭夏天……）

早已喪失食欲，下班一回到家立刻在被褥上倒下。好想要快點昏過去，但睡意遲遲不肯降臨。

汗水在身體與睡衣間滑過，美鄉不耐煩地嘆氣，再度躺下。

「啊啊，這個是岩笛，這個是三鈷杵。梳子是用在除魔上，這大概與其相關吧。」

在藤井面前打開的箱子中，陸陸續續出現看起來就感覺有什麼緣由的古物。宮澤戴上白色手套逐一確認，手腳俐落地分類。原來如此，他是來幫忙這個的啊。他似乎擁有分類整理這幾乎全是咒具類物品的捐贈品的專業知識。

「這些東西的分類和包裝交給我來處理，麻煩藤井小姐處理目錄。」

俐落給出指示的他右手上戴著黑色護腕，怎麼了啊，藤井眼角在意著，用筆電製作收藏品目錄。

（是他昨天被書打到的地方嗎……）

如果是硬書皮的事典類書籍也就算了，不過只是和式裝訂的書，怎麼可能因此受傷。藤井邊想著，突然想起那個響亮的破裂聲。昨天看起來應該沒有受傷啊，是回家後惡化了嗎？

「……請問，有什麼事嗎？啊，要休息一下嗎？」

困惑的語調詢問著藤井。一回過神來，宮澤正停下分類的手觀察藤井的樣子。藤井似乎盯著宮澤的手看過頭了。

「說的、也是……也剛好三點了。」

藤井抬頭看掛鐘後點點頭，彷彿想要破壞這不自然的氣氛，急忙站起身。因為不能弄髒收藏品，休息時要到其他房間。「好。」仍感到困惑的宮澤跟在她後面。

「——你的手，怎麼了嗎？」

在意的東西就是很在意，藤井下定決心開口問走在後面的宮澤。

「咦？啊啊，這個……我不小心燙傷了。」

宮澤敷衍地嘿嘿一笑，搓揉自己戴著護腕的右手。藤井重複著「燙傷了啊」。

「是啊，煮晚餐時被油噴到，沒什麼大不了啦，但範圍有點大……ＯＫ繃不夠大，包紗布後變得太顯眼了。」

所以才會戴黑色護腕遮住紗布。白色紗布確實相當醒目，藤井點點頭打開茶水間兼休息室的門。

拉開手腕上的護腕，笨拙纏上的紗布已經汗溼。

這也沒辦法，美鄉沒有習慣受傷到可以俐落地單手包紗布。邊嘆氣邊拆下紗布，丟進洗衣籃中，露出只是稍微塗上藥膏的患部。

「上面似乎寫著什麼。」

在昏暗的更衣室中，美鄉低頭看自己右手上蚯蚓狀的腫脹。

昨天似乎碰到什麼咒術書的右手外側，浮現紅色的符咒文字。邊角不清楚的模糊文字，連懂咒術的美鄉也看不懂。接觸當下以為只是碰到強烈的靜電，但今天早上起床一看已經是這種狀態了。昨晚不停呻吟無法安眠大概也是因為這個吧。

除了蚯蚓狀的腫脹抽痛外，身體沒有其他異狀。這類似燙傷的狀態，美鄉打算如果兩、三天內消腫，就不當一回事。

和房東怜路共用的浴桶空蕩蕩，泡澡也很麻煩，美鄉脫掉衣服，打算沖澡就好。時間才六點多，窗戶正好在陰影下的更衣室很是昏暗，但有大型外凸窗的浴室十分明亮。

脫掉工作服的灰色POLO衫和底下的內衣背心，當他把褲子也全脫掉打算走進浴室時，感覺盥洗臺鏡中的自己不太對勁。

「咦……？」

鏡中倒映出稍微側身的美鄉背部。

自己沒有任何特色的後背，沒有特別單薄但也沒特別強壯，自己「毫無特徵」的背部，突然讓他感覺是完全陌生的存在。

（……這是，誰啊？）

瞬間冒出一個不明就裡的疑問。

重新站好面對鏡子，美鄉探看這左右相反的世界。

鏡中是自己熟悉的臉，是總是透過鏡子看見的「宮澤美鄉」。

（這感覺……是什麼啊？）

一個陌生的人，從鏡子那頭看著自己。

和自己有同一張臉，但那並非美鄉認識的「美鄉」，而是「陌生人」。

心臟猛烈一跳。

我就在這裡，心臟彷彿正大聲主張自己的存在。

伸出手抓住盥洗臺邊緣，一股寒氣竄過後背。

「總之，先洗澡清爽一下吧……」

就這樣全裸呆站著也無濟於事，為了掩飾這無法言語的不安，美鄉迅速踏進浴室。

＊＊＊

中空一個大洞，模樣奇怪的巨石在眼前。

沒有稜角的圓滑輪廓，感覺是什麼東西的石碑。其正中央，被挖出一個奇形怪狀的洞。

（這什麼啊……）

他仍然在盛夏豔陽下徘徊。

縣道，沒有十字路口也沒有燈號的一條大道彎彎曲曲地往前延伸。兩旁是廣闊的青草原和民家，以及遠方有低矮的山脈包圍著世界。

沒有任何東西遮擋日晒，湛藍天空就蓋在頭頂上，一隻鳥也沒看見。周邊仍然充滿聲響卻醞釀出沉默。

這裡是哪裡。為什麼我在這裡。我到底想要去哪。

就這樣想不起任何事情，往前行。

也不知道自己走了多久。

感覺只走了幾分鐘，也感覺已經走了好幾小時，更覺得已經在此徬徨一整天了。

燒灼肌膚的日照仍舊炙熱，色深的一團小影子落在腳邊。

（好熱，好渴……）

偶爾有車子從他身邊開過，除此之外沒其他會動的東西。

（好想回家，我討厭這裡。）

好痛苦，好寂寞。抱著難以言喻的悲傷，拖著身子慢吞吞走著。抬起迷惘低頭，只瞪著柏油路看的視線，看見前方有座微微隆起的小山。在一整片平坦的草原中，彷彿飯碗倒放的圓圓小山旁，孤零零長著一棵柿子樹。

長滿雜草的綠色小山，就「坐鎮」在拐了大彎的縣道旁。

（我知道那個……那是，古墳吧。）

終於看見曾見過的東西，心情稍微好了一點，一瞬間喜悅著「可以回去了」，但下一秒又停下腳步。

（我是要回哪裡去？）

感覺似乎在小山那頭更遠的地方。

（不對，不是那邊。）

不知為何如此確定。那邊沒有〇〇。

（哪裡，我該回去哪裡才行？）

確實應該在小山那頭。已經忘了自己為什麼會走在這種地方。我討厭這個地方。討厭夏天。好想回去。

「回不去……，因為沒有在等我……」

已經不知道該回哪裡去，不對，話說回來——。

「我是誰？」

低頭看雙手，自己是長這個樣子嗎？我知道這個樣子，也知道這雙手、身體和聲音。更知道每天早上仔細梳整的長髮。

但是，這些到底真的是「自己的東西」嗎？

「美鄉」茫然地趴倒在灼熱的柏油路上。

＊　＊　＊

「**爲它吹個笛子吧**。」

難以入睡的夜晚，什麼東西在紙門那頭低語。

我沒有那種東西。美鄉半夢半醒間搖搖頭，腦海中浮現工作時拿過的咒具。

（但是，到底是為了什麼……）

感覺似乎知道理由。有種什麼東西拉扯胸口，煩躁不耐的不舒服感。緊緊閉上眼搜索記憶，卻想不出是什麼。

感覺自己忘了什麼，但想不起來到底是什麼。

是想不起來，抑或是根本不想回想起？

美鄉的意識沉入黑暗中。

「咦？宮澤先生？」

昨天之前都來幫忙整理資料的青年，站在空無一人的展示室裡。青年沒有回應藤井的呼喊，他似乎沒有發現藤井，只是專注地盯著什麼展示品瞧。

「那個，你還好嗎？」

他的臉色比昨天還蒼白，藤井靠近他又再喊了一次，宮澤大吃一驚嚇得跳飛。

「哇啊！——啊，對不起……，我剛才在發呆。」

「不會，沒有關係……。你在看什麼呢？」

宮澤站在依年代擺放的土器展示區前，這邊展示著照繩文時代前期、後期，彌生時代等時代變遷擺放的土器實品、仿製品或照片。其中最有存在感的繩文土器就在宮澤正前方。那看起來就像猛烈燃燒的火焰，被說是螺旋纏繞的蛇的象徵，相當奇妙的裝飾惹人注目。

「啊，那個……我是要做什麼啊……」

宮澤慌慌張張把視線拉回展示櫃上，看來他似乎只是呆站在這裡而已。這人真的沒事嗎？藤井皺起眉頭。是身體不適嗎？還是被前幾天整理的「咒具」影響了呢？之所以冒出這無聊想法，是因為他的右手仍套著護腕。黑色輕薄的護腕上有不自然的凹凸，白色紗布還突出護腕邊緣。

「欸，你真的沒事嗎？有沒有發燒啊？」

要是在這裡倒下就不得了了。

總之，先讓他坐下喝點水吧。藤井帶宮澤到員工專用的茶水間去。

好熱。

因為自己的呻吟而從淺眠中甦醒。

從幾天前起，感覺只要半夢半醒，就會持續做同樣的惡夢，蒼白寂寞的灼熱惡夢。

美鄉一口氣喝乾一瓶兩公升的礦泉水後，在被窩裡翻身。

身邊已經散亂十數個相同的礦泉水瓶。

在完全天黑的寢室中後悔著，早知道乾脆去泡個冷水澡。自從昨天覺得後背不對勁後，他便害怕起鏡子來，無法長時間待在更衣室和浴室裡。

面對落地窗的中庭，青蛙正忙碌地唱情歌。

「轟隆」，主屋那頭傳來汽車引擎聲，青蛙瞬間停止鳴叫。那是怜路的車子開上家門前斜坡的聲音，一段時間後，聽見關車門的聲音，踩在砂石上的腳步聲，打開大門的聲音，怜路的氣息步步接近。

「喂咿，已經睡了嗎？最近也太早了吧？」

怜路毫不客氣拉開拉門，頭探進美鄉就寢的和室看。照亮走廊的燈泡亮光射進室內。

「呃，喂，這怎麼一回事啊！」

環視掩埋地板的大量寶特瓶，怜路臉頰抽搐。美鄉有氣無力地抬頭看他，含糊回應他。

「我好熱……」

美鄉原本就不怎麼耐熱，從大學入學那年明確變成「怕熱」後，也不記得曾有過如此糟糕的狀況。怜路用彷彿看見珍奇異獸的視線，低頭看美鄉趴倒在潮溼的被窩上呻吟。

「就算是中暑也有個限度吧……話說回來，你的手怎麼了？」

蚯蚓狀的腫脹別說消腫了，範圍還持續擴大。拙劣纏在手臂上的紗布似乎在他翻身時鬆脫，閃過寶特瓶進入室內的怜路在美鄉身邊蹲下，拉下和風吊燈的拉繩。

螢光燈立刻點亮，刺眼得讓美鄉舉起手遮眼。怜路抓起他的手腕，仔細觀察手上的蚯蚓狀腫脹。在美鄉說明受傷的經過後，怜路點頭說著：

「原來如此，看起來像是降伏類咒術，但還真是嚴重的燙傷。原來你會變成這個樣子啊……真是難辨了。」

怜路傻眼地嗤鼻一哼，放開美鄉的手盤腿坐。美鄉只是重複著「降伏類？」因為降魔降伏類的咒術而燙傷，彷彿在說美鄉不是人啊。

「我不是妖魔之類的耶。」

雖然對怜路說也沒用，但就是脫口抱怨了。「啊？」怜路挑起單眉，露出奇妙的表情小聲說：

「是這樣說沒錯啦，但你……」

「爲它吹個笛子吧。」

──突然，聽見外頭傳來輕聲細語。

聽見中庭深處傳來竊竊私語的對話聲。

「把它叫回來吧。」

「笛聲最好。」

「只要用笛聲呼喚，它就會回來。」

美鄉只是愣愣想著，這聲音昨天也說了同樣的話耶。

「……還是有妖怪在院子裡啊，話說回來，是不是比三四天前還多啊……？喂喂，你也好好把大傢伙趕走啊。」

怜路口吐惡言瞪了紙拉門外一眼後，把視線拉回美鄉身上。

「到底是要把什麼呼喚——嗯？」

稍微錯位的墨鏡底下，銀綠色的眼睛睜大眼。

「…………喂，美鄉，你把寵物丟哪去了？難怪奇怪的氣息增加了。」

聽見怜路傻眼低語，思緒跟不上的美鄉慢慢歪過頭，「我不記得我有養寵物啊。」如此回答後，怜路表情更加複雜地彎起嘴角。

「啊啊，但是這麼說來……」

美鄉今天去資料館借來岩笛，卻完全不記得理由。他是向藤井這位女性學藝員借的，但他已經記不清兩人的對話了。這幾天感覺一直在做白日夢，記憶非常模糊。

「笛子，這個就可以了嗎？」

美鄉慢吞吞地從工作用的包包中拿出岩笛，右手陣陣抽痛。

「嗯，應該挺合適的吧？」

怜路叼著沒點火的香菸，輕輕聳肩。問他為什麼不點菸，他回答「那傢伙討厭菸吧，有可能就不回來了啊。」結果，美鄉還是不知道要吹笛子呼喚什麼。

怜路說要美鄉「別問了，快吹就是。」似乎在看熱鬧的樣子讓美鄉無法接受。就在美鄉猶豫時，怜路又加了一句「那樣一來，你的中暑狀況應該也會改善許多」催促他。

「如果你『不要』那個，或許就這樣丟了也不錯啦，但就這種狀況來看，你大概也不會太好過。」

墨鏡反射螢光燈的光圈，看不見怜路正在笑的眼角。

猶豫到最後，美鄉把岩笛靠近嘴邊，靜靜吹氣。

「嘟」，震響夏季潮溼的夜晚空氣。

冰冷顫動的笛聲，控制著這個熱帶之夜。

右手好熱。燒灼的感覺讓他放開岩笛，左手抓住蚯蚓狀的腫脹。

陣陣刺痛的咒字，正在抗拒什麼東西靠近。

（我是誰？）

問句在心中響起。

（這裡是哪裡？）

自己所在的地點，室內與室外交疊。

（「**我**」在哪？）

朝尋找的氣息伸出手。

（在這裡的，是誰？）

庭院的樹木沙沙震動。

——找到了，你呼喚我了，「**我**」就在這裡喔。

混雜喜悅與安心的氣息，讓美鄉在不知不覺中綻放笑容。

「歡迎回來。」

美鄉的手指滑入睡衣底下，輕輕撫摸左側肩胛骨。指尖滑過時有碰到角質的觸感。

伴隨「**終於回來了**」的安心感。

今晚，美鄉也在蛇鱗上貼上封印符紙。

6

噬蛇者

下班鐘聲在館內響起，特自災害的辦公室中，充滿職員們收拾工作的聲音與和諧的氣氛。

辻本慢條斯理地整理辦公桌，享受短暫的平穩時光。這是盂蘭盆節過後，夏季祭祀活動告一段落，在秋天收穫祭準備工作開始前的寶貴時光。在三三兩兩抱著公事包點頭致意後回家的職員之中，負責行政工作的資深女性職員朝賀大聲說：

「喂，你們誰把課長帶回來的伴手禮帶回家去啦。保存期限快到了，而且一直放在這邊會讓課長不開心。」

在特自災害第六年，一般行政職最資深的她，指著課長出差帶回來的豆沙饅頭。大概是技術職員幾乎全是男性的緣故，特自災害的女性職員人數很少。雖然不全是因為這樣，但伴手禮放在這邊都快一週了，盒中的東西還剩超過一半。

特自災害小組的上級是危機管理課長，但統管防犯防災小組和特殊自然災害小組兩組的危機管理課的課長座位不在這間辦公室裡。課長對特殊自然災害（妖怪事故）是大外行，他把決策權全權丟給組長芳田，很少會來這裡。

「宮澤！你把它帶回家！」

點頭致意後想要下班回家的新人被朝賀逮個正著，被這尖銳的命令嚇得一顫的青年轉過頭。

「咦，那個我……」

新人用聽起來就是不擅長拒絕的軟弱口氣試著婉拒。哎呀，想當然朝賀不可能就這樣放過他啦，辻本悠哉地在旁觀賞。不出所料，朝賀不容拒絕地把豆沙饅頭堆在新人——宮澤美鄉的手上。

「那個，我說真的……我不太喜歡甜食………」

根本不在意宮澤打從心底感到困擾，朝賀大笑道：

「你在說什麼啊，你這一副瘦弱的身材，自己一個人住有好好吃飯嗎？你稍微變瘦了吧，吃個甜食把自己養胖點吧！」

實際上，宮澤大概有點熱壞了，原本纖細的身材看起來更瘦了。但從他分發到這個單位以來，一直直接指導他的辻本，知道宮澤真的不吃甜食。這樣下去實在太可憐了，辻本決定出手相助。

「朝賀，我拿一半回去啦，妳就饒了他吧。」

辻本站在宮澤身邊伸出手，抬起頭的宮澤用崇拜救世主的表情看向辻本。辻本家裡有三個男孩，他們都不討厭紅豆餡，當點心吃正好。

「那麼辻本也拿回家當孩子的點心吧。」

堆在宮澤手上的小小豆沙饅頭，一半分散到了辻本手上，辻本笑著說「謝謝」後，把豆沙饅頭丟進公事包裡。

「辻本前輩，謝謝你。」

豆沙饅頭暴風雨過後，宮澤小聲道謝。

「沒有沒有，我也只是剛好想要而已。」

對直接指導宮澤的辻本來說，宮澤是個可愛的晚輩。辻本自己雖然早已年過三十五，但在單位裡也才好不容易成為第三年輕的人。比他年紀小的一直都只有普通行政人員，長久以來都是技術職員中「最年輕」的，對他來說，這個老實認真學習能力又快的晚輩，讓他很想要多關照一些。

「但是啊，如果你真的熱到不舒服也別太勉強。現在是相對輕鬆的時期，安排個暑休，如果真的沒辦法時就請病假好好休息。你應該還沒有安排暑休吧？」

鄉下的市公所，薪水絕對不高工作也不輕鬆，只有休假制度按照法規相當完善。首先，因為行政制度太過血汗沒辦法指導民間公司的理由，身為職員之前也是一個市民，所以公所積極鼓勵大家參與市民活動。參加學校活動及地區活動已經是不成文的義務，因此也比較容易請特休。

不僅如此，因為盂蘭盆假期並非月曆上明訂的「國定假日」，他們可以在七月到九月之間自由選擇三天放暑休。特自災害從七月到盂蘭盆節的期間最為忙碌，所以許多職員會選在盂蘭盆節結束後的這個時期放暑休。

外出去避暑可以放鬆身心的話那也很好，如果身體狀況真的很糟就請病假，適當休息調整身體狀況也是工作的一環。

「謝謝你，沒有什麼大不了的……那麼，工作辛苦了。」

宮澤一鞠躬後走出辦公室，和他說出口的話相反，他沉重的腳步讓辻本皺起眉頭。轉過頭一看，辦公室裡只剩下辻本和組長芳田，辻本的視線正好和看著這邊的芳田對上。

「——看起來狀況不太好吶。」

芳田似乎坐在組長的位置觀察狀況，他靠上椅背如此嘆氣。

「總覺得他好像在勉強自己耶。」

辻本也同意芳田的看法，宮澤是自辻本以來，睽違已久招募的「技術職員」，而且和身為淨土真宗系統的僧侶，只會使用有限法術的辻本不同，宮澤是已經學會以神道為中心的各種系統咒術的菁英。雖然畢業自神道系統的大學，但他也會密教真言及陰陽道系統的咒術，是相當罕見的人才。

因此對他抱持甚高的期待，不管怎樣都不能讓他被壓垮。他可是要背負特殊自然災害組未來的年輕人。

「組長知道原因是什麼嗎？」

「不清楚……如果只是單純因為夏天太熱累壞，這狀況也太嚴重了。辻本有聽說什麼嗎？」

「沒有……，但他不久前去民俗資料館幫忙時好像中暑了，這樣回想起來，從那時開始就沒什麼精神耶。」

前一陣子，巴市內的縣立民俗資料館收到了大量咒具、咒術的捐贈品。為了分類以及封印那些東西，宮澤被派去幫忙好幾天。

「這樣啊，那時開始啊……這麼說起來似乎是這樣吶。」

大概想到些什麼，芳田點了好幾次頭摸摸下顎。

「——那麼，那或許不是單純只是因為中暑吶。」

芳田若有所思地雙手環胸，辻本不解地歪頭。

「怎麼說？」

「你知道宮澤的出身地是哪嗎？」

「我有聽說過是廣島市內……高中念北廣島，而且還是住宿對吧？我記得他大學是——」

辻本把片段得到的資訊組織起來說著，芳田抬起頭苦笑。

「哈哈，原來如此，他說得還真是巧妙啊。」

「……這是什麼意思？」

辻本的疑惑更深了，芳田說著「可以聊一下嗎？」拉開自己身邊的椅子。辻本點點頭後在椅子上坐下。芳田雙手撐在辦公桌上交握，把下巴擺在交握的手上，視線看著遠方開口：

「我一開始也不知道……但接下來應該還要你繼續指導他，所以讓你多少知道點比較好吧。」

辻本追著芳田的視線看向窗外，現在還不到下班時間就日落的時期，但隨著秋天腳步接近，日落時間也越來越早。一走出外面，就能聽見夏末的蟬響亮歌唱著最後一首歌吧。

芳田鄭重的口吻讓辻本端正姿勢。聽見椅子嘎吱聲發現他扭動了身體的芳田，有些苦笑地「呼～」的吐了一口氣後看向辻本。

「你聽說過出雲鳴神家長男的事情嗎？」

辻本在口中複誦著「鳴神家」，這個名字在辻本等咒術師之間相當有名。

這個家族位於現在的出雲市，他們祭拜的神明是視為一族之祖，比出雲大社祭拜的大國主命更古老的地祇鳴嚴吐刀命，一族持續守護著遠從國家將神道認定為國家宗教，統一統整之前早已出現的咒術與祭祀。他們沒有取得宗教法人的立場，是現今仍以咒術師集團身分活動的組織之一。

鳴神一族主要使用的是神道與陰陽道——日本以古代中國的陰陽五行說為基礎，結合神道、密教、修驗道後，獨自發展出來的占卜、咒術。因此一般都將鳴神一族視為「陰陽師集團」。

只不過，鳴神並非如知名的安倍晴明那般，是在古代宮廷被重用的「官員陰陽師」及其子孫。正確來說，他們頂多只是會使用陰陽道系統咒術的神道系統民間咒術師。與官制陰陽師作區別，他們這類的存在就被稱為「民間陰陽師」。

「——啊，好幾年前的……是『噬蛇者』對吧……」

被親屬強迫吞下用咒術創造出來的蛇妖蠱毒，鳴神家族長兒子的謠言。聽說他反過來馴服蛇妖，把對方逼入生死關頭。

那是幾年前轟動業界的大醜聞。鳴神既是代表中國地區的名門，在國內也擁有很大的勢力，這場驚天動地的族內動亂，被取了一個充滿湊熱鬧感的誇張名稱。就連對業界八卦沒興趣的辻本也曾聽聞與此有關的諸多話題，和名稱一起回想起這令人感到不愉快的東西。

「**鳴神的噬蛇者**」。

理當是被害者的他被冠上這驚世駭俗之名，光說出這個名字都讓人忌憚。辻本的語氣不自覺變得難以啟齒，芳田慢慢點頭。

「說這話是很失禮，但我沒想到他竟然在外頭生活，我也是嚇了一大跳吶。」

辻本也理解芳田沒有說出口的話中之意了。

在那之後聽到的消息是他行蹤「不明」，但鳴神在地方上擁有強大權勢，連國會議員都得向他們鞠躬哈腰，怎麼可能輕易放過離家出走的兒子。他們以為「行蹤成謎」也就表示「不可能再次讓他現身於社會上的狀態」的意思——不管他是否還活著。

「我記得他應該是把蠱毒的蛇……」

「嗯，用吃了應該算最貼切的說法吧。詳細情況不問當事者也不會知道，但他的身體似乎會對降魔降伏的法術產生反應。」

之前朝宮澤身後打出的破魔類法術，他似乎也對此產生反應。因為那不是會傷害伙伴的法術，芳田也嚇了一大跳才調查了一下宮澤的事情。

「那表示，他的身體裡果然有蛇？」

「應該就是這樣吧——哎呀，在這個業界裡也沒有所謂的聖所謂的魔啦。我們這類咒術師就是站在『那一側』和『這一側』之間的人。更靠近『那一側』的人可說是更高超的術師。只要不對工作產生影響，也沒必要說三道四啦……」

這國家的神魔並無明確的區別，當時的風潮也是好奇心比忌諱更勝一籌。

——年僅十八歲就打回鳴神一族高手的詛咒，甚至吞下蛇妖還馴服了它，那到底是怎樣的一位人物。

——雖然沒聽說被詛咒反噬的對象因此死亡，但在那之後完全沒出現在任何人的話題中。大概是受到相當恐怖的報復吧。

——那是族長在外頭生的小孩，對方是和咒術世界毫無關係的女性。和石見名門嫁過來的正妻所生的小孩相比，到底誰優秀呢？

感覺大家都相當好奇，聽到最後行蹤成謎的消息，應該也有許多人感到惋惜。

「但是……該怎麼說，人不可貌相呢。」

他是個溫和，看起來家教極佳的青年。完全無法想像他自己吞噬了蛇妖，還回敬了恐怖的詛咒。只不過，終於可以理解他為什麼能習得種類廣泛的咒術了。雖然還沒有太多交給他現場工作的機會，但不管哪個領域的咒術，他都有深厚的基礎知識，工作學習能力之強也讓辻本內心有些驚訝。

民間陰陽師，要是說直接一點就是「咒術萬事屋」，在這國家自古以來的宗教被明治政府切分成「神道」與「佛教」之前將近千年的時間，從大陸傳來的佛教與陰陽道，和本土的信仰融合，彼此互相影響進而發展。而一手接下這些宗教咒術部分，以咒術為專業的職業團體，那就是「民間陰陽師」。他們從密教的真言到陰陽道的靈符、神道的祝詞等等，幾乎可說只要是這國家的「咒術」，什麼都會用。

「就是啊，看起來一點也不恐怖吶。」

身為修驗道行者的芳田點點頭。修驗道起始於古代的山岳信仰，結合了密教、道教與陰陽道之後發展。修驗者們也是利用在山岳修行中得到的驗力，向民眾施展奇蹟的專家。

宮澤並非自己想要詛咒誰。芳田認為時至此時也沒必要去問本人那段過往，但問題在於工作中會不會發生狀況。一方面害怕因為什麼意外而讓他本人「被除魔」就糟了，一方面也怕他的蛇做出什麼危害。

「就目前看起來，似乎沒有什麼失控的感覺，也找不到時機和他本人談這件事……但看他身體如此不適，也讓人擔心起那方面要是有個萬一啊。」

辻本也同意芳田的說法。

「但是……該怎麼提起這件事才是最好的呢……」

如果在上班時間找他過來，應該會讓他相當緊張。而且一想到事情的嚴重性，也能想像宮澤在不理解對方是怎樣的人的情況下難以坦言。不想要創造出責備宮澤隱瞞事情，把他逼入絕境的狀況。

「是啊，宮澤開車上班，也不能和他『把酒言歡』，午餐或是下班後邊吃飯邊說或許比較好吧。」

芳田雙手還胸道：「你也是相同的心情吧。」

「但該怎麼說呢，為什麼確定聘用他時沒有人發現啊？」

辻本有點傻眼地仰頭看天花板，深感痛切地說。

「他在戶籍上似乎不曾是『鳴神』家的人，課長以上的人沒人理解這個業界。我也只在實技測驗時看過他，他的法術也看不出有出雲的特徵。聽說他大學跟的老師是陰陽道系統的老師，大家都以為他是跟著老師學的。」

芳田「啊哈哈」的笑著。

宮澤畢業自三重一間有神職人員培育課程的大學，他拿自己的學歷為重點自薦而進入巴市公所工作。接受過鳴神這個大名門教育的事實，即使現在已經離開家門，也應該是很管用的自薦材料。但宮澤拋棄了身為鳴神直系後代的身分、拋棄被稱為「噬蛇者」的過去，真的拋棄了身為「鳴神美鄉」的一切來到巴市。

「但不管怎樣，現在他都是我們小組將來的王牌。明天找時間跟他談談吧。」

芳田說完起身時，窗外已經沉入夜色中了。

「喂～美鄉啊。」

薄暮中的緣廊旁，怜路背對著黃昏喊道。

「嗯……？」

聽見美鄉有氣無力的回應。寒蟬叫聲在暮色將臨的空中響起的晚夏，看見寄宿人沒打開房間燈光眺望著中庭，怜路輕輕嘆氣。

「吃飯了沒？」

「還沒。」

開。

「你這樣又要弄壞身體了喔，沒什麼吃的嗎？」

「已經很不好了。」

「咚」的一聲，身穿夏日和服的背倒在榻榻米上，綁成一束的長黑髮柔順散開。

「…………我討厭夏天。」

有氣無力的聲音小聲說著。還被前陣子那件事影響嗎，也差不多快一個月了耶，這男人真麻煩。

在用力搔亂一頭金髮的怜路視線前方，美鄉不自覺地朝空中伸出手。怜路查知什麼氣息拉下淡色墨鏡，看見什麼東西停在美鄉指尖。那是普通人看不見的小鳥，夜雀。

沒有重量的夜雀，搖晃著模糊輪廓變成大蛾，離開指尖，鑽進美鄉衣領中，怜路迅速結出刀印打掉。

「喂，你在搞什麼。」

怜路帶著微微怒氣低語。身為一個在公所工作的陰陽師，怎麼可以允許妖怪侵入自己的身體啊。

「嗯～」含糊應和的美鄉彷彿只剩個空殼。

（……還真是有氣無力耶。）

怜路不自覺緊皺眉頭，靠近美鄉。

前陣子，美鄉不小心讓養在身體裡的蛇妖跑掉了。正確說起來，似乎是蛇妖被彈離美鄉的身體。原因是他在工作時，碰到降魔降伏類的術式。

自那之後，這位公務員閣下就拖著被夏天熱壞的身體，每天懶懶散散度過夜晚。因為當事人不多說，怜路也不知道他到底是為什麼大受打擊。但事發當時，怜路被他房裡散亂寶特瓶的慘狀嚇到，在那之後即使不是每天，也會來確認美鄉是否活著。

那時美鄉幾乎每天都會喝掉將近一箱的兩公升礦泉水，但實際上熱到快被晒乾的不是美鄉，而是被彈出美鄉體外後在豔陽下徬徨的蛇。怜路說了好幾次美鄉「飼養著」蛇，但實際上兩者的關係更緊密——大概可說是半同化的狀態吧。

累癱倒在地板上的美鄉頸側，在黑夜中浮現出白色東西。翻身時，睡衣前襟鬆開，散落細髮的頸後、肩膀到後背全露出來了。他的肩胛骨上，透出淡淡的硬質光芒，那是白蛇的鱗片。

「沒差，大概只是變成這傢伙的食物而已。」

彷彿這才想了起來，美鄉懶散地回答。這傢伙就是指美鄉身體裡的蛇妖。怜路以前曾經碰過在美鄉睡覺時偷跑出來的白蛇。回想起當時的事情，怜路後背一陣寒氣竄過。那不僅僅只是恐懼的感覺，讓怜路僵住身體一段時間。

（適合黑暗啊……他應該也不希望得到這種評價吧……）

那是條純白、美麗的蛇。

身體纏繞著冰凍腳邊的冷空氣，悠然滑過怜路面前的大蛇。

傳聞中聽說的「**鳴神的噬蛇者**」吞噬的，頂多是帶有術者怨念微不足道的蠱毒而已，但怜路見到的那個，是更強大美麗的「妖魔」。

慢慢吐出一瞬間屏住的氣息，怜路在美鄉身邊蹲下。

「你啊，我是不知道你在鬧什麼彆扭，別這樣全部撒手不管啦，公務員。」

怜路抓住美鄉裸露的肩頭一拉，變成仰躺的美鄉抬頭看怜路。直接碰觸的肌膚冰冷得簡直像失去溫度。與怜路相反的深色漆黑雙眼愣愣地游移視線。

這雙眼總是看著黑暗，美鄉很擅長讓非人世之物小憩，且和它們交心。

模糊的視線聚焦在怜路身上，美鄉微微皺眉但沒有回答。他白天似乎靠裝模作樣撐著，用一如往常的古典微笑和藹可親地和身邊的人說話，當個盡責的菜鳥努力工作。

如果身邊的人發現他不舒服，他可能會陷入連原因也得全部坦白的局面。也就是，他得向職場坦白白蛇的存在以及宮澤美鄉的「真實身分」，美鄉應該不願意如此吧。

（在這之中，我應該算他有辦法放鬆的人吧。反正也被我看見白蛇了，沒有隱藏不隱藏的必要了啦……）

那也是種緣分吧。彼此是在沒有家人，也沒有認識已久的朋友的地方生活，同年紀的同業者。邀他來自己家住時，怜路不曾期待可以變得如此親近，但一起生活後發現他是個讓人感到舒服的對象。

「喂，你小子還活著嗎？說話啊。」

怜路雙手撐在美鄉身側，從正上方看他端正的臉孔。

中性的白皙面容與纖細身體，額頭上的黑色直髮讓人聯想到黑暗，端正的容貌不像俗世之人。宮澤美鄉是個無比適合黑暗色彩的男人。而實際上，他站在黑暗與現世的界線——在這之中也站在特別靠近黑暗的位置。只要他本人失去攀住「這一側」的意志，就會輕而易舉被「那一側」吞噬吧。

「怜路啊，你沒有感到很厭煩的時候嗎？」

白皙的手指慢慢伸過來抓住怜路墨鏡的鏡腳，墨鏡就這樣被搶走，視野稍微變得明亮。這是什麼意思？怜路瞇起眼睛，他的視線前方是在美鄉胸口爬行的蛇。

白皙肌膚上浮現幾道紅色線條，蛇身順著線條畫過。彷彿用筆畫出的繪畫，又彷彿畫上線條的白粉刺青。只用紅色線條描繪出的蛇在皮膚中滑過。怜路記得美鄉之前還會多少遮掩一下，但大概是被怜路看見白蛇後，心境上產生變化了吧。

「厭煩什麼？」

「你眼睛的顏色，或是看得見之類的。」

綠色參雜銀色的特殊虹彩，讓怜路即使不願意，也隨時「看」得非常清楚。美鄉想問，怜路不討厭一看之下明顯與他人不同，就連在靈能者中也接近異類的這個嗎？

「肯定有過吧。」

彷彿事不關己地回答後，人偶般過度端正的面容稍微扭曲，用視線和表情表達不解後，怜路皮笑肉不笑地說：

「因為我不記得了啊，根本不記得這個被視為『異常』，在『普通』中生活的事情啊。」

怜路沒有幼年記憶。不記得家人、曾住過的地方的景色，當然也不記得學校生活。怜路所知的「狩野怜路」的人生，始於自稱「天狗」的養父撿到他之時。在那之後的生活，他也不曾上過學。大多數人視為「普通」的少年時代的活動，對怜路來說全是媒體那頭的事情。

「即使如此，人類還是可以活下去的喔？」

富含深意一笑，美鄉似乎有話想說皺起眉頭。「嘰嘰嘰嘰嘰」蟋蟀突然在附近大聲鳴叫。蛇回來之後，聚集在中庭的妖怪也變少了。

美鄉沒有刻意去驅趕妖怪，只在自己的房間張設結界。但自從這男人來了之後，聚集在狩野家腹地內的妖怪明顯減少。一開始還以為是美鄉用咒術趕跑的，但只要知道白蛇的存在，答案就更簡單了。同樣居住在黑暗中的居民，更加敏感察知美鄉這條蛇的氣息。特別是越大型越難對付的妖怪，越不想要靠近。

第一次見面時，怜路就知道美鄉「養著」什麼。

拉開墨鏡才能看見的那個，美鄉除了在白天巧妙隱藏起來之外，晚上還會自己拿封印符紙隱藏。如果不是有天狗眼，怜路大概也不會察覺吧。

怜路發現──對自己而言，認識宮澤美鄉這號人物是個幸運。他也是珍貴的同業者，以及可以輕鬆往來的朋友。但還有超越這些的原因。

（誇張點說，他是我的救命恩人啊。）

怜路抱著某個目的來到巴市大約一年半，為了逃離「追蹤者」達到自己的目的，美鄉和白蛇也替他爭取到一點時間。美鄉本人不知道這件事，但身為隱瞞當事者默默接受恩惠的人，怜路希望美鄉可以在巴市找到讓他感到舒適的地方。

「就連我這種人，也能找到輕鬆過活的地方，你也是一樣，別搞得那麼悲觀啊。」

就是因為勉強選了公務員這種安定的職業，才會產生這類煩惱吧。但比起靠自己能力賺錢的小混混之道，怜路覺得公務員更適合美鄉。

美鄉沒有回應怜路的安撫。

「總之吃點東西吧，想煩惱人生，等填飽肚子再來想也不遲。」

在不知何時已經完全沉入夜色的黑暗中，怜路從美鄉手中搶回墨鏡戴上，世界的輪廓變得更暗更模糊。

「我替你做飯，你就乖乖吃吧，飯錢會加在你的房租上。」

回到房間打開燈，怜路擅作主張翻找西式房間裡的冰箱說道，背後傳來似乎相當不滿的回應。

7

用餐中的對話也是一番風味

以為他和自己同樣是屏息於深水處的人。

那麼，應該就能毫無忌諱地往來吧。閃過腦袋的，是這化作言語後相當膚淺的期待。

美鄉看看眼前飯碗中的麵線，又看看盤腿坐在正前方的房東。結果，因為美鄉房裡沒什麼食物，怜路從主屋拿來麵線煮給他吃。

「快點吃。」雙手環胸高傲仰頭，一副小混混模樣的祈禱師，大概得一輩子和那雙特異的眼睛相處。他理所當然接納自己有許多麻煩的人生的強韌，讓美鄉感到相當耀眼。

「我開動了。」

「喔，這是客戶送的中元禮品剩下的。你就感激著吃吧，我會收錢。」

「呃……可以拿豆沙饅頭付嗎？」

用筷子夾起一點麵線，放入倒在湯碗裡的沾麵醬中。美鄉這才想起來，他被塞了好幾個豆沙饅頭回家，希望沒有被壓扁。

「你為什麼會有豆沙饅頭？也是人家給的啊。」

「嗯，我沒辦法吃。」

美鄉基本上所有甜食都不吃，其中又以豆沙饅頭特別不行。理由很簡單，因為他曾經中招過。

「你說說紅豆餡是哪裡得罪你了啊。」

似乎超愛甜食的怜路，無法理解地嗤之以鼻哼了聲。擅自抓過別人的公事包使了個眼色過來，美鄉也用視線和表情表示請隨意。

「我以前中了個大獎差點死掉。」

「真假，豆沙饅頭是有辦法中那種大獎的食物嗎？」

開開心心把在公事包中有點變形的豆沙饅頭丟入口中，怜路不解地歪頭。

「裡面要是有蛇當然會中大獎啊。」

簌簌簌把麵線吸入口中的美鄉稍微擺動身體。「啊～」怜路發出帶著理解與憐憫的聲音。美鄉以前也很喜歡和菓子，很多人在吃了某樣東西中招後就無法再吃那樣東西，美鄉也不例外，自從「那天」之後完全不敢吃有紅豆餡的食物。

電風扇左右擺頭吹出的風，規律地撫過美鄉的背。

和風吊燈上的螢光燈照亮煞風景的和室，從紗窗縫隙鑽進來的小蟲子在視線角落飛舞，只有近在身邊的蟋蟀叫聲和注入中庭池子的水聲響起。

冰冷的麵線舒服地滑過喉嚨，沒有蔥蒜也沒有配料的「單純麵線」正適合他因炎熱而疲憊的身體。

沉默吃著麵線一段時間，坐在對面的房東一手拿著豆沙饅頭一手滑手機。在美鄉沒有電視的房內，充滿安穩的沉默。

「——我吃飽了。」

美鄉放下筷子，規矩地雙手合十。「好哦，你自便。」早就吃完豆沙饅頭躺在地板上的伶路揮揮手。說著「你要自己收餐具喔」的房東，已經沒有事情需要待在這個房間裡了吧。似乎讓他操心不少，美鄉再次重新體認，這個房東是位比外表好上許多倍的好人。

「伶路你啊。」

邊從寶特瓶將麥茶倒入杯中，美鄉呆呆地開口。

「還真是有情有義耶。」

說他是好人大概會被罵。雖然這種表現有點過時，但說出口後感覺無比貼切。

「啊啊嗯？」還是得到伶路有點不滿的回應。

「如果不是那樣，不會對偶然發現的無家可歸者做到這種程度吧。」

美鄉從不曾質疑過自己的生命價值，完全不認為自己活著需要得到他人的認同。如果不是這樣，他不會選擇「吞噬」送上門來的蛇。

但這件事情，與他人是否需要美鄉，維持與美鄉之間的關係，認同美鄉這份努力的「價值」，完全是兩回事。

老實說，兩人現在的關係有讓伶路做到這種程度的理由嗎？

「啊～你肯定在想什麼麻煩的事情吧。」

無法反駁。穿著短褲躺在地板上的怜路，用赤腳的大拇指，靈巧地替另一隻腳的小腿搔癢。

「我沒有在父母身邊時的記憶，養父也是個流氓大叔，也沒上過學。但我基本上會漢字讀寫，會算數也有社會常識。這部分……是修驗道伙伴們教我的。雖然不懂英文啦。伙伴裡也有許多本業是學校老師的大叔，自從近十年前養父失蹤後，也就是和我同齡的人還穿著制服時，我就已經靠著自己勉強賺錢了……，還可以這樣勉強活下來，全是因為有同業伙伴照顧我。」

怜路到前年還住在東京。

他在大都市角落的「祈禱屋」，也可說是某種流氓的共同體中生存。他的同業同伴，大多都不是走在一帆風順的正常社會上。每個人都是被一般人理所當然擁有的安全網漏接的人。

因此也能毫不躊躇地幫助不熟的人。

「好聽點是有情有義，但其實就是彼此的保險啦。我也因此得救了好幾次。而這種東西，大多無法向幫忙自己的當事者報恩。可能剛好擦身而過被幫了個忙，或是對方早已過世之類的。所以，自己也只能對陌生人報恩。我們就是在這種不成文的約定中活到現在。」

「這樣啊。」美鄉的感嘆中帶著一點憧憬。就他來看，這完全是故事中的世界。或許因為他從來沒去過那種大都市，更有這種想法吧。

「這麼說來，伶路沒和那邊，在東京的舊識聯絡嗎？」

就伶路的個性來看，在那邊肯定也有很多朋友吧。沒有人特地來看在鄉下生活的他嗎？

聽到美鄉這個疑問，伶路沉默了一個呼吸後說：

「……來者不拒、往者不追，這是我們的原則。幾乎都是不知道彼此聯絡方法的膚淺交往，都是些連問到的電話號碼都不知道到哪時還能接通的傢伙。」

就是種真實的「連在路上衣袖碰觸也是多生修來的緣分」的感覺呢，美鄉點頭想著，果然是個無法想像的世界。

這麼想起來，他沒問過伶路為什麼會特地搬來巴市這種鄉下地方。關東出身的人說到廣島縣，頂多只會聯想到瀨戶內海那一側，普通完全不會想到北部的鄉下小鎮吧。

美鄉記得伶路說過這棟房子是別人讓給他的，伶路不會積極提及這方面的事情，美鄉自己也有諸多隱瞞，所以也不會特地追問。只是覺得，伶路大概也和美鄉相同，是對這種位於現世邊緣，人煙稀罕的聚落古民家感到舒適的人種吧。

「而且，你很方便啊。」

眼睛從錯位的墨鏡底下往上看著美鄉的伶路露出惡作劇的笑容，銀綠色的眼睛在日光燈下閃爍。

意外的話讓美鄉放下茶杯，挑起單眉。

「方便？我嗎？」

「家裡的符紙也是，絕對比我做的效果好又持久，割草也輕鬆很多，而且自從你來了之後，麻煩的妖怪明顯減少了。」

美鄉確實本來就擅長製作符紙，而且因為是封印體內白蛇的不可或缺之物，他寫過的符紙數量是他人的好幾倍。加上白蛇本身的防蟲效果，方便指的就是對維持這個家的環境發揮很大作用的意思吧。

「那還真是多謝誇獎，我也沒有特別做什麼就是了……」

因為白蛇是喜歡吃妖怪的妖魔，有智慧的大型妖怪特別忌諱它的氣息。在這個家中，實際上只讓白蛇跑出來一次，但它們似乎都知道這裡「有捕食者」。

「當然啦，光有那種魄力十足的大蛇住在這裡，就有十足效果。之前可是很誇張的耶，三不五時大半夜跑來吵鬧……」

怜路滔滔不絕說起妖怪們有多吵，美鄉當耳邊風聽著，呵呵笑了一下。至今只是封印在體內隱藏起來的白蛇，可以派上什麼用場讓他感到很新鮮。

「嗯，如果有幫上忙就好了。」

美鄉不後悔為了活下去做出的選擇。

只不過，他有過無數次「如果沒有這隻蛇」的念頭，就連身處靈能同業者當中，自己也是其中的異端份子，每次面對這個現實時，都讓他更加怨恨。

當知道原本想著「如果沒有，乾脆就這樣消失」的蛇，竟然與自己同化得如此深時，有種又讓他重新體認自己是「異端份子」的感覺。

把跑出去外面四處徬徨的蛇叫回來，並且接受它的人是美鄉自己。雖然貼上符紙封印，結果只是讓他再次確認白蛇是自己的一部分。

——然後，原本以為自己接受了，但也相當沮喪。

盂蘭盆節前後太過忙碌與白蛇迷路事件留下的影響，加上身體也很不舒服，重重交疊下讓他更加沮喪。

「是啊，超級感謝的耶。話說回來，那個為啥是白蛇啊？普通蠱毒的蛇沒有白蛇吧，而且它超大的耶。」

「咦？啊……，我也搞不太清楚。記得一開始應該是黑色的，好像褪色了？」

實際上美鄉吃下去的蛇蠱，是以封印在可以塞進豆沙饅頭的小咒具中的狀態進入美鄉體內。所以美鄉實際上沒有見到蛇蠱，但他覺得在自己體內到處爬的氣息是漆黑的感覺。

然後，美鄉將用詛咒這種形式朝他發洩的不合理惡意與憎惡，加上自己的怒氣後報復回對方身上。

美鄉原本以為這樣就結束了，但應該已經報復回詛咒者身上的蛇蟲，在美鄉升大學不久之後突然跑回來，那時不知為何已經變成白色了。

「那什麼啊？」

傻眼的怜路連預備動作也沒有輕快地起身，這是常鍛鍊身體的人能做出的動作。單手手肘撐在小茶几上，並把下巴擺在手上的房東揚起嘴角。

「但是啊，你有那樣感覺超有福氣的漂亮白蛇，你為什麼這麼窮啊？」

說到白蛇就會想到金錢運啊，怜路壞心笑著讓美鄉豎起眉毛。

「囉嗦！它根本是吃錢蟲，如果不封印就會到處去散步，封印符用的紙很貴耶！」

沒錯，很花經費的。要是在道具或材料上貪小便宜，符紙就會沒有效果。如此一來，蛇就會在美鄉睡覺時偷跑出來，四處散步尋找愛吃的妖怪。之前偷跑時也被怜路撞見。

目擊白蛇的怜路不為所動，所以還可以當笑話看，但美鄉到去年還住在大學宿舍，可就不能如此。不僅只要被身邊的人目擊肯定會引起大騷動，和這個家不同，城市裡人口密度也高。只要察知妖怪氣息就會騷動的蛇，美鄉一直把它關在自己身體裡。

「什麼啊，原來不是要餵它飼料喔。」

怜路還以為美鄉省著沒給白蛇吃飯，對咯咯大笑的怜路感到憤慨，但美鄉也跟著一起笑了。他從來不曾如此普通談論這隻蛇，不，直到前幾天，他都認為不可能有這天到來。

「白太先生又不需要吃東西……」

第一次講起白蛇讓美鄉感到害臊，怜路聽到美鄉嘟囔的這句話後僵住了。

「——啊？」

看見怜路突然露出奇怪表情，害臊笑著的美鄉也很困惑。

「咦、什麼？」

「……那個，是蛇的名字嗎？」

怜路似乎是對「白太先生」產生反應。

「是……啊。」

美鄉有點不知所措地點頭後，怜路大為遺憾地垂下雙眉。

「你取那什麼有夠沒品味的名字啦。」

怜路還抱頭喊著「哎呀呀」，預料之外被找碴了。

「幹嘛啦，又沒有多奇怪！」

「很奇怪吧！沒有更好一點的嗎！而且為什麼還要加先生啊！」

白色大蛇所以叫白太，這一點也不奇怪吧。美鄉也探身上前反駁。

「那你說說看什麼名字好啊，難不成要我取銀嶺或虹白那種超中二的名字嗎？」

順帶一提，之所以會加上「先生」只是美鄉總覺得不加稱謂好像不太對。

「那也比白太好吧，白太不行啦白太。」

怜路甚至還說「你當是乳酸菌啊」批評得一無是處，美鄉失望地沉默。它確實不是自己期待而得到的役使。也承認只是憑著氣勢，跟取波奇、小黑這類名字相同的感覺總之取了一個名字。

怜路看著消沉的美鄉，「哎呀哎呀」大嘆一口氣之後站起身。

「唉唷，什麼都好啦，那就替我向白太先生問聲好啊，我要撤了。」

怜路右手搔搔頭後揮揮手，駝背又大外八地離去。美鄉表情還留著不滿目送他遠去，對著眼前的空餐具低語：

「又沒有關係，你說對不對啊，白太先生。」

體內的氣息彷彿同意他的說詞稍微動了一下。

隔天，美鄉帶著比先前還輕鬆的心情去上班，上午剛過十點時，芳田喊他。

芳田指示的工作是要他們去諮詢者的家裡訪談，美鄉這次的工作就是主要訪談者辻本的助理。要去河川那頭，名為「巴町」的巴市舊街區。

開車過去不用五分鐘，但芳田對兩人說：「**大概會超過中午，你們就在那邊吃個午餐如何啊**。」家就在巴町的辻本也同意了。原本今天早上一來，辻本就邀美鄉一起吃午餐，所以美鄉今天也沒訂每天早上都會預訂的公所便當。

這其實是美鄉第一次「和同事吃中餐」，他有點緊張地坐上由辻本駕駛的公務車。

巴市的舊街區以河川為界分為東西側的「巴町」和「十日市」，巴市公所位於西側的十日市這邊，同時也是有大型店鋪及轉乘車站的現市中心。

另一邊，過橋後的巴町是有鄉下氣氛的地區，還留有古時候的商家建築以及舊銀行等近現代建築。現在為了要將繁華區的巴町本通商店街開發成觀光地，這條路已經鋪上石磚。

辻本駕駛的公務車，停在坐落於氣氛如此沉穩大道上的建設公司前。面對大馬路這邊有辦公室，裡頭是住宅——大概是經營者自家居所吧。因為面寬狹小而難以察覺的辦公室空間意外寬敞，裡頭的居所也豪華得稱為宅邸也不為過。

一次就成功倒車停進狹小停車格的辻本說著「走吧」催促美鄉。

推開辦公室的玻璃門進入辦公室，坐在裡頭的男性已經起身出來迎接他們。美鄉認出對方長相後嚇了一跳。

他記得那副在眼睛上用力主張自身存在的黑框眼鏡，就是才剛進市公所不到一個月時，親切找他說話的壯年男性。對方似乎也記得美鄉，一對上眼就笑著對他說：「喲，沒想到第一次找你商量會是因為私事啊。」

看見男性稍微歪頭有點苦笑著說，辻本驚訝地問：「你們兩個人認識啊？」男性提起兩人在建設課前見過一面，接著拿出名片向美鄉重新自我介紹。

「我是高槻建設股份有限公司的社長，高槻忍，請多指教。」

美鄉有些緊張地接下名片。交換名片的禮儀在大學就業輔導以及剛進市公所時的禮儀課中都稍微接觸過，但平常用不到所以完全不習慣。把名片匣丟在辦公桌抽屜裡前來的美鄉，只能先雙手接下名片後深深一鞠躬。

「那麼，可以馬上帶我們去看看嗎？」

辻本一問，高槻點點頭領著兩人往裡頭走。辦公室牆上掛著許多展示施工實績的照片，從巴市文化會館到圖書館等公共建設，道路、橋、以及災害支援等等，內容相當廣泛。原來如此，美鄉也能理解市公所的建設課長會態度謙卑出來迎接他的原因了。

高槻穿過辦公室，請美鄉兩人進入辦公室後的自家中。他所說的私事，是發生在他兒子身上的事情。辻本邊走邊向高槻確認先前訪談的內容細節，其事情內容如下：

高槻有個小學五年級的兒子，最近樣子不太對勁。

暑假結束後，小學在上週開學，但他早上就是起不來。接著連在學校也會打瞌睡，一點精神也沒有。學校聯絡家長「請重新檢視在放假期間變得不規律的生活習慣」，但他兒子不是會熬夜的小孩。

問了本人之後也不得要領，但感覺小朋友也沒有隱瞞。一開始還以為小朋友偷偷熬夜，但有耐心慢慢問話後才知道，小朋友晚上會做惡夢沒辦法睡好。

「接著，就在我們煩惱著不知道原因在哪時，我妻子發現了這個。」

高槻領著兩人走進居所的會客室中，氣氛穩重的西式房間正中央擺著沙發和矮桌，矮桌上擺著一個古老的人偶。

「哎呀，是巴人偶呢，這看起來十分有年代了呢。」

辻本讚嘆道。巴人偶是這個地區製作的節日人偶，是將用模型塑形的黏土直接窯燒後，用胡粉、泥彩、明膠等東西上色後完成的土製人偶。

現在說起節日人偶，一般會想到女生在三月三日時的女兒節人偶，和男生在五月五日時的武士人偶吧。但巴市自古以來不論男女都在三月三日過節，有第一次過節時要贈送巴人偶的習俗。送給男生的巴人偶，最具代表的就是以菅原道真為形象製作的天神人偶或金太郎人偶，其他還有數十款，種類豐富。

「是的，聽說這是我祖父的人偶，一直收藏在倉庫裡……」

說完一看這個人偶，它既不是天神也不是金太郎，而是有著嚴肅面容的鎧甲武士。早已退色，明膠也失去光澤，創造出相當有年代的氛圍。而且其中一隻手破掉缺了一塊。

「好像是我兒子擅自從倉庫裡拿出來弄壞了，我妻子開始說該不會是這東西在作祟，覺得很不舒服。」

高槻兒子有自己專屬的五月人偶，現在配合社會習俗把男生的節日移到五月，最近也不是家家戶戶都會買巴人偶了。縣外出身的高槻夫人對巴人偶不熟悉，似乎因此更感到不舒服。

高槻這段話讓美鄉在心中感到不解，節日人偶原本是送給剛出生的小孩來保護小孩的，不是會作祟的東西。辻本大概也有相同想法，手抵著下巴若有所思地開口。

「雖然這不是您兒子自己的節日人偶，但我也不認為曾祖父的守護人偶會對自己的曾孫作祟……我們這樣實際看到物品後，也沒有感到任何惡意。」

辻本說完後，美鄉也在旁邊輕輕點頭。從眼前這個古老且裂開的人偶身上感覺不到任何邪氣。

「是這樣嗎，那是否有其他理由呢……」

現在節口人偶只限一代，等到孩子成年之後就該供奉祭拜的說法廣為流傳。

也因此讓高槻夫人擔心是不是古老的人偶在作祟。

如果把人偶當成「成為孩子的替身，保護孩子遠離災厄的存在」，也有一番道理。從某種層面上來說，「咒術」這東西連規定的效果都是人類決定。既非全部皆該否定的說法，根據地區不同，也有代代珍惜保存人偶，每年節日都會全部擺出來的習俗。

至少，眼前這個巴人偶看起來符合後者這個說法——是背負保護原主人的子孫任務的人偶。

「我想大概是這樣沒錯，您兒子今天有去上學嗎？」

辻本問完後，高槻點點頭。早上起不了床，到學校去打瞌睡也會被罵，即使如此他還是想要去學校，不，與其說想要去學校，倒不如說他不想留在家裡。

「我想應該是家中有其他原因，請讓我稍微看一下。宮澤，如果你有發現什麼也告訴我。」

美鄉點頭說好，和辻本一起站起身。肯定「有什麼」沒錯，因為十分熟悉的肚子內側被撫觸的感覺讓他知道，這附近有對肚子裡的居民——白蛇來說「很好吃」的東西。

走出會客室，邊尋找周邊有什麼氣息，在家裡走了一圈，好幾次和辻本用眼神與表情示意，但彼此都沒有找到相對應的東西。

（氣息相當分散……每個都不大，就是無從捉摸的感覺。）

看來沒辦法在今天找出原因，並將其封印解決事情啊。大概需要花上幾天來這邊監視觀察狀況吧，美鄉想到這裡突然停下腳步。

（——話說回來，只要用我的「頭髮」就解決了啊……但是，我該怎麼提及呢……）

美鄉的長髮，其實是為了鳴神家代代傳承的祕術而留的。

美鄉雖非繼承者，但身為直系血緣者，他也習得了祕術。這個祕術就是利用自己的頭髮當媒介製作各種使魔，是役使術的一種。但和一般修驗者、密教僧、陰陽師的役使術不同，並非召喚「使魔」或是利用動物製作，而是用自己的頭髮做——也就是幾乎等於分身，相當特殊的咒術。

把長髮包進沾上糨糊的和紙中製作水引，接著和各種動物、人形紙張綁在一起就能役使。做出來的使魔，為稱呼方便叫做「式神」，想找人就做蝴蝶，要監視就做老鼠，防身或攻擊就做燕子等等，都是很小的東西。

這個咒術乍看之下不華麗，但運用範圍廣泛，而且做出來之後不會造成術者負擔也是其優點。既不需要擔心式神逃脫術者掌控或失控，也不需要擔心加諸在式神身上的傷害會反噬術者。

只不過，因為這個咒術太特別，只要一用就會立刻暴露身分。美鄉也知道自己不可能一輩子隱瞞下去，但他遲遲無法下定決心坦白祕術的事情。

「**鳴神的噬蛇者**」連當時遠在關東的伶路都曾聽聞，更別說鄰縣的同業者了，特自災害的同事們不可能不知道。

而美鄉，還沒有勇氣接受自己是會被降魔降伏類的法術所傷，和白蛇一心同體這般，不知道還能不能說是人類的存在，也沒勇氣對其他人說。

（就職考試那時拿其他咒術當理由蒙混過去了，但我是為了要用這個祕術才留長髮的啊。）

只要做出幾個老鼠式神擺在這個家裡，就不需要職員下班後還得來這邊監視。只要感知尋找的東西，式神就會以夢境告訴美鄉狀況。

（得說才行……但是，現在該怎麼開口才好……）

保持著不被前方兩人拋下的距離，美鄉慢吞吞邊走邊煩惱。在房子裡繞了一圈，穿著鞋子的辻本確認手表。時間差不多快正午了。鄭重拒絕高槻要請吃中餐的提議，辻本轉頭看美鄉。

「那麼，我們暫時先出去吃午餐吧。」

辻本說完後，美鄉有點緊張地點點頭。

跟在辻本身後，美鄉正要走出連接辦公室的戶外走廊時，與目送他們的高槻對上眼。

高槻滿臉笑容看著美鄉，美鄉對他如此歡迎自己感到不可思議，不禁停下腳步。發現美鄉感到很不可思議，高槻有些苦笑，和先前一樣拍拍美鄉的肩膀。

「哎呀，我只是覺得前輩很照顧你呢。辻本也是第一次指導後進，看他好像很起勁，我也很常聽芳田說起你。」

負責許多大型建設工作的高槻建設，在工作上常常會和特殊自然災害（妖怪事故專責）小組接觸。因此和芳田、辻本等小組成員很熟。因為和辻本也住得近，私底下似乎也有往來的模樣。

「大家都是真材實料，很親切的好前輩，你什麼都可以找他們商量，讓他們聽你說話啊。」

高槻彷彿看穿美鄉有煩惱般地鼓舞他，美鄉也只能僵硬點頭。

公務車就停在高槻建設前，辻本帶著美鄉走進商店街一角的小小定食飯館。十之八九，辻本會全額負擔午餐費吧。美鄉沒有在這種狀況中順從欲望點自己想吃的東西的勇氣，所以也沒仔細看菜單就點了「每日定食」，與之相對，辻本則是悠哉地翻閱菜單，選擇炸豬排蓋飯後找店員點餐。

單手拿著冰水等待上餐時，美鄉坐立不安地看著飯館內的電視機或身旁的菜單。到市公所上班也快半年了，撇開大家一起去喝酒聚餐不說，像這樣個人被邀約一起吃飯還是第一次。不用怜路說，美鄉也自覺自己最近有氣無力，所以相當不安前輩會說些什麼。

「我自己點炸豬排蓋飯好像也不好說什麼啦，但真希望天氣快點變涼爽些呢。」

辻本邊稍微喝口冰水邊悠哉說著。

「就是啊……我也有點怕熱。」

大概是養著的白蛇貪涼，美鄉這幾年變得完全無法適應夏天。但也不能把這些事全說出來，只能慎重地挑話說。多虧如此沒把這話題擴展開，但美鄉內心冷汗直流。

辻本不在意全身僵硬的美鄉，盯著電視播放的悠閒午間節目看。

「我也很討厭，雖然市公所也很熱，但寺廟那邊的工作還得穿法袍啊。就算是夏季用的衣服，講堂裡也沒有空調。」

「啊啊，可以想像。」美鄉點點頭。

「這麼說來，辻本前輩家的寺廟是在這附近嗎？」

辻本的家是位於巴町的淨土真宗寺廟。

「對對，就在後面那條路走進去馬上就可以看到，我偶爾晚上也會來這附近喝一杯。」

辻本挺喜歡喝酒。有妻有子，吃肉，飲酒，辻本的宗派幾乎沒有日常生活戒律這類的限制。

有一搭沒一搭聊著不甚熱絡的對話時，餐點上桌了。對美鄉來說，辻本是很細心指導他，難能可貴的前輩。他常常像昨天那樣，在美鄉感到困擾時自然出手相助。而且美鄉也很尊敬他對工作真摯的態度。

「我開動了。」雙手合十後，兩人分別將餐點送入口中。

（正因為尊敬他，所以也害怕失望，雖然覺得他不是那種人……）

住在老家娶妻生子，還選擇公務員這個穩定的職業。由組長芳田親自指導的辻本，也被認為會是之後的組長候選人。假日有工作以外的興趣，也聽說過他是個認真好爸爸的小故事，就美鄉來看辻本是個「完美」的人。

但不管有多憧憬，美鄉不認為自己能走上相同人生，邊想著「好厲害喔，真羨慕啊。」邊把定食的炸雞送入口中。

大概多虧怜路昨天多少聽他說了心中的鬱悶，令人感激的是美鄉的食欲恢復了。努力把份量比想像還多的定食全吃光，而對沉默毫不在意模樣的辻本也讓他內心鬆了一口氣。

「…………話說回來，聽說宮澤你是出雲出身啊。」

「咳。」不小心差點嗆到，最後一小片漬菜卡在喉嚨。

「咳、為、為什麼……」

「嗯，昨天組長跟我說了……」

啊啊，組長果然知道了。回想起大概被懷疑了吧的場面，美鄉放棄掙扎地嘆了一口氣。說到底，以為能夠隱瞞是自己想得太美了，美鄉理智上也理解。真的差不多到該結束之時了。

「那是指，那個……全部嗎？」

「大概是全部吧。」

美鄉戰戰兢兢確認後，辻本乾脆地點頭。時至此時，也不是進一步問知道什麼、知道到什麼程度的氣氛。

「但是啊，我也和組長聊到。」

稍微端正姿勢後，辻本直直看著美鄉。「撲通」心臟猛烈一跳。

「如果體質有特殊狀況，我們希望你可以事先告訴我們。知道之後我們也能多注意，要是因為對狀況掌握不足導致事故，那才是最糟糕的嘿。」

辻本擺出指導前輩的表情緩緩說道。

「對不起……」

如文字所示，美鄉縮起身體低頭道歉。為了避免事故意外要共享資訊，這與美鄉的私事無關，是工作上所需。嚴格來說，這並非在這種地方吃飯順便提及的話題，而是該被找到組長座位去被痛罵一頓的事情。

思考至此，握緊雙手的美鄉苦笑，辻本又喝了口冰水。不捨夏季結束的蟬鳴大合唱，從顧客離開時打開的自動門竄進來。

「嗯，你理解就好。我昨天也說過了，管理身體也是義務之一，我們的工作會碰到很多危險啊。」

「好。」美鄉低著頭。辻本的話很溫柔，可以深刻感受到他和組長芳田很體諒美鄉發生的事情。因此更讓美鄉羞愧地說不出話來。

餐館電視節目變成新聞，告訴大家休息時間大概只剩十分鐘。周圍的顧客三三兩兩結帳離開，自動門每開關一次，都傳來鐵風鈴「叮鈴叮鈴」的聲音。

「和我這種『地方保障名額』不同，你可是眾所期待進市公所的呢，振作點啊。」

地方保障名額這帶有自虐語氣的話讓美鄉抬起頭，辻本若無其事地笑著繼續說：

「我不像你和組長一樣會使用『咒術』，幾乎做不了什麼技術職員的工作對吧？我們單位技術職員人數本來就少，還錄用我這種不好用的人，會被這樣說也是沒辦法的啦。」

辻本雖然是淨土真宗的僧侶，但淨土真宗這個宗派基本上不追求現世利益。

因此身為僧侶的辻本也沒學過「咒術」。

「但辻本前輩……」

但他擁有超規格的「淨化」能力，和美鄉等人同樣「看得見」，豐富的專業知識以及判讀狀況的洞悉能力，單位裡的人都對他另眼相看。

「嗯，我也有我能做的事，因為被需要所以還留在市公所裡。但我沒有宮澤你那樣的能力。我們需要你的力量，正因為如此，你覺得痛苦時就要說痛苦，辦不到時也要說出來，不然我們就可能因此失去必要的戰力。」

辻本用他獨有的柔軟音質說話，為了細心教誨編織出的話語，不可思議地毫無抵抗滲入美鄉的心中。這不可思議的音質就是他那超凡淨化能力的源頭。

「我們不清楚到市公所上班之前的你，也不打算逼問你不想說的事情。你是自己應聘的應該很清楚，進市公所上班不需要知道戶籍也不需要其他東西，你是靠著你的學歷、實力和熱情被巴市錄用。你沒有在問你的問題上說謊，我們也都看過你應聘時的考試表現，判斷巴市需要你。你不需要對此之外的事情感到愧疚。」

要被他人珍惜，多多少少都得是對方「必要的存在」、「值得珍惜的有益處之人」才可以。被需要也有許多種類。像怜路他們那樣互相扶持，或者是情人、朋友那種精神上的對象，或是經濟上等等。在這之中，辻本表示他需要宮澤美鄉的「能力」。

根據說法和解釋方法不同，可能覺得這是很冷淡的說詞。直說對美鄉本身和他的來歷沒有興趣，視情況也可能很傷人。但現在，辻本這段話對美鄉來說是「救贖」。

他只要以現在在此的「宮澤美鄉」身分全力以赴就好。

美鄉再次低下頭，忍住湧上心頭的情緒，辻本溫柔地拍拍他的肩膀。

「那麼，我去結帳，你可以先到外面等嘿。」

辻本說完後起身，美鄉輕輕點頭。

午休結束後，美鄉和辻本在殘夏中回到高槻家。落在白色石磚上的影子顏色仍相當濃。

（辻本前輩他們需要我，現在的「宮澤美鄉」擁有的東西……）

美鄉看著被正午豔陽釘在地面上的小小影子愣愣地思考。在這其中，真的包含他肚子裡的蛇在內嗎？無法置信的心情，以及很想要相信的心情在他心胸嘈雜。

——或許，大家會和那個小混混房東一樣笑著接受。

（不對，不是這樣。如果他們已經知道我是鳴神家的人，就該把式神拿出來用了。現在不說以後會更難說出口。……他們可是想要我的「力量」啊。）

尋求著「宮澤美鄉」的容身之處，來到沒有任何依靠的巴市。因此如果他們想要的是美鄉的「能力」，美鄉就該全力達成期待。不管是與生俱來的能力，還是學習得到的能力——甚至是為了活下去，違背希望而得到的東西。

如果是美鄉能以美鄉身分使用的東西，只要被需要的話。

（現在不是吝嗇的時候啊。）

美鄉握拳停下腳步，和先走一步的辻本拉開距離。一道汗水流過他的額角。

「辻本前輩，那個。」

從辻本在飯館裡對他諄諄教誨後，美鄉第一次開口。辻本停下腳步輕輕回頭。

「嗯？怎麼啦。」

驚訝眨眼的樣子和昨天沒有任何不同，這讓美鄉稍微安下心。

「我認為高槻先生的家應該需要觀察一段時間，那個，我想我的頭髮可以派上用場。」

美鄉抓過綁成一束的長髮如此說。

「鳴神家用頭髮的役使術，我也會用。」

這是傳說為龍神後裔的鳴神一族中，只有繼承高強能力與濃郁血緣的人才能使用的特殊咒術。鳴神家的族長，肯定會為了這個咒術留長頭髮。

「啊啊，這樣啊……！對耶，你是現任族長的兒子嘛。」

辻本用「你這麼說我才想到」的驚訝眼神擊掌，鳴神家族長留長髮的理由，同業者都知道。

「對。」美鄉輕輕點頭。或許也曾有過能有效利用的場面，但他至今從未碰到感覺值得自告奮勇的機會，如果芳田能掌握手邊可以用的手段，他應該會適當地運用吧。

「不好意思，一直瞞著這件事……」

美鄉也想著大概會被罵為什麼一直瞞到今天啊，但辻本咯咯笑著揮揮手說：

「你別那個表情啦。沒關係啦，無所謂，接下來儘管派上用場就好了。退休是六十歲……你現在是幾歲來著。哎呀，大概也還有四十年，你就在這段時間裡好好大顯身手吧。」

辻本爽朗笑道：「一開始的幾個月還在誤差範圍內。」他的表情，就跟炙熱照射在美鄉兩人身上的陽光相同沒有陰影。「哎呀，真厲害呢，就要靠你了喔。」辻本微笑著再度邁開腳步。

美鄉追上去，發出鬆了一口氣的笑聲。四十年，漫長得讓現在的美鄉沒有真實感。

（……話說回來，要是辻本前輩當上組長，我應該會被嚴重使喚吧……）

那肯定也不賴。美鄉打從心裡如此想，腳步輕盈地踏上石磚。

在人類熟睡的深夜，黑暗中的高槻家走廊，有個拖著腳步行的東西。不規則的腳步聲和甲冑的聲音交疊，把刀刃崩口的大刀當枴杖使用的獨臂老武士，察覺什麼氣息後停下腳步。

「……混帳傢伙，我終於找到你這個鼠輩了，你是最後一個了。」

用剩下的獨臂重新握好刀，老武士表情恐怖地用力瞪著這邊——美鄉役使的老鼠型式神。

監視用的老鼠式神沒有逃跑，只是注視著老武士。老武士受傷的腳朝走廊地板用力一蹬，舉高破破爛爛的大刀揮下。式神頭上，黑暗中有一團特別黑的陰影。

——嘰耶耶耶耶耶耶！

沙啞尖叫聲震動夜晚空氣。非人也非獸，不知形狀的黑色團塊被砍成兩半後散開。只是揮刀就失去平衡的老武士，就這樣在老鼠面前倒下。

「如此一來，在下的使命也結束了……義經啊，少爺就拜託你了……！」

老武士擠出聲音如此說完後，失去力量。「砰咚」，陶器打在地板上的聲音響起。

在夢中目睹老武士最後身影的美鄉，隔天把這件事情告訴辻本。向高槻確認後，聽說他祖父的巴人偶真的就碎裂在走廊上。

「義經似乎就是他兒子自己的五月人偶，哎呀，它的最後真是令人可敬啊。」

為了要確認實際的狀況，一大早前往高槻家的途中，辻本深有感觸地說著，美鄉也深感同意。

「它似乎每天晚上在家裡到處走動，消滅散落在家中威脅兒子的邪惡氣息，那隻手大概也是在戰鬥中失去的吧……，但那個邪惡氣息是打哪來的，只看昨天的狀況無法得知——」

邊如此對話抵達高槻家，在那裡已經沒有會引起白蛇反應的「氣息」了。

「我兒子今天早上坦白了，他不小心弄壞了人家的墓碑。」

出來迎接兩人的高槻苦笑著如此報告。似乎是孩子們在暑假時跑到附近的墓地試膽，小孩當時絆倒時，不小心挪動了某個墓碑。

如果說是墓碑主人生氣變成鬼跑出來——但屋裡有好幾個氣息，也不是有人格那類高等的東西。大概是小孩「完蛋了」的恐懼和後悔被趁虛而入，把墓地裡飄盪的有形無形妖怪帶回家裡了吧。

離巴町最近的墓地，就位於巴市擁有數一數二靈力的山脈山麓。實際上前往山麓的墓地確認那裡飄盪之物的氣息後，美鄉也點點頭。山脈的靈力和人類對墓地的印象相結合後，產生「恐懼」這種印象凝聚物的妖怪，就潛藏在暗處。

「──這算，解決了吧。結果好像只是在旁邊旁觀而已。」

美鄉搔搔自己的額際如此說，辻本悠哉地點點頭。

「就是啊，但有宮澤你在真的幫大忙了。如果只有我一個人，應該要花上不少時間才能掌握到底發生了什麼事。」

辻本笑著說「對吧」。「啊哈哈，才沒那回事。」美鄉笑著掩飾自己的害臊。

西風吹來，墓地旁盛開的萩花隨風搖曳。還以為會一直炎熱下去，但早上的風已經變得涼爽許多。美鄉瞇起眼睛享受這份舒適。

「那麼，我們回去寫報告吧。」

辻本說完後轉身，美鄉也追上去。

市公所的工作，果然還是始於文件終於文件啊。

8

狗神號哭之夜

秋漸深之時，野鹿也開始在夜晚深山唱情歌。

拉長尾音的尖銳叫聲，聽起來像深夜中的山間回音又像女人的尖叫，更加強調深山裡的寂寥。

高聲雄壯的鹿鳴也在今晚震動夜晚空氣。

原本該是求偶的聲音，卻在中途改變音調。正確來說是變成了死亡前最後的尖叫聲，旁邊的鹿也「咿咿！」大聲警戒。踩踏半枯萎雜草的聲音，重重交疊震動空氣。

有什麼東西正在攻擊鹿群。附近的居民有人稍微留意了一下，但現在日本本州島上不存在會攻擊成鹿的生物。大概是掉進獵人設的陷阱裡吧，大家立刻就忘了。

隔天，為了採香菇入山的地主，看見眼前的光景驚聲尖叫。

有一對漂亮鹿角的雄鹿，吐出舌頭翻白眼，悽慘的屍體暴露在陽光下。朝上的白色肚子被撕裂得亂七八糟，內臟散亂在外。

站在打工的居酒屋鐵板前，煎烤內臟冒出的油煙那頭，酒醉的顧客正開心談論謠言。又是鹿又是豬的，伶路邊忍笑聽著這超有鄉下氣氛的話題邊擺弄鐵鏟，豎起耳朵聽客人熱烈談論悽慘的模樣。凶手是狐狸嗎？不對不對，大概還有日本大野狼活著吧，反正是野狗群吧。自顧自隨意推論的酒醉中年人還真是悠哉啊。

是發生在哪呢？正當怜路找好時機開口問時，熟悉的臉孔出現，正是長髮公務員宮澤美鄉。

一開始被投以異樣眼光的這位青年，在經過半年時間後也融入常客中。大家知道他是「特殊自然災害小組（妖怪事故專責）」的人之後，也接受了他特殊的外表。不管是多麼奇怪的事情，人類只要得到能在自己心中整理出的道理就能夠習慣。

雖然美鄉常常抱怨自報單位名稱也沒人知道好痛苦，但就算不記得嚴肅的正式名稱，只要說「妖怪事故處理那個」大概就能通，這就是巴市。特別是來怜路工作的居酒屋的常客，都是在舊市街區生活，從以前就住在這邊的人。包含特自災害在內，對這個城市鮮為人知的事情相當熟悉。

「工作辛苦啦，你今天錢包裡有錢吧？」

貧窮寄宿人在已經完全變成他固定位置的鐵板正前方吧檯坐下，怜路對他拋出早已變成問候語的問題。只不過剛開始兩、三次還很認真回答的美鄉，漸漸變得敷衍說「好啦好啦」，最近已經開始說「沒有錢所以給我便宜的東西」了。

看來今天似乎也是這個模式，他看著菜單嘟囔：「嗯～沒太多錢耶。」接著點了醃小黃瓜。

談論謠言的大叔們撤退後，怜路向美鄉提起鹿的話題。

「啊……那也在我們單位引起討論，大家在說該不會是狗神或什麼吧。如果真是那樣，就表示有役使者存在，那會很麻煩。先前三不五時聽說有攻擊活著的動物的熊出沒之類的，那些說不定也是同一個傢伙……」

美鄉一手拿著冰水，邊吃烤飯糰和醃漬小黃瓜，相當苦惱地垂下雙眉。怜路也點頭說著「就是說啊」。狗神是從咒術中誕生的妖魔——蠱毒的一種。和自然誕生的妖怪不同，是人類抱持明確惡意創造出來役使的妖魔。

其製作方法也很殘忍，要把狗活埋在土中只露出頭，在牠即將餓死前把肉塊擺在牠面前，飢餓的狗拚命伸出頭也吃不到肉塊，看準狗完全執著在肉塊之時砍斷牠的脖子，接著祭祀牠就可以創造出狗神。所以它相當執著且凶猛，術者只要稍有差池也會受害，是相當棘手的役使。

「話說回來，你也點些高單價的東西啦。起碼喝個烏龍茶，要是錢不夠，加在房租上就好了。」

「不需要。」

秒速拒絕的貧窮寄宿人讓怜路傻眼，明明不是態度強硬的人，卻意外地不聽人話。特別是最近天氣變涼爽，大概也習慣工作變得有自信了，感覺自我主張比先前更強烈。

「雖然沒有確切證據，如果剛剛被認為是熊的也是狗神的話……那它在巴市周遭閒晃相當長一段時間了。很久之前就傳出北邊鄰市有大型野狗出沒，還沒有攻擊人類大概是不幸中的大幸。」

怜路點頭說著「是喔」聽美鄉抱怨，開口問了先前的出沒地點。雖然不確定這是不是能外傳的消息，但美鄉說了「那你也要提供點消息啊」後告訴怜路。懷疑是狗神的東西，似乎在東北邊的兩市邊界上徘徊了一陣子。但這次發現野鹿屍體的地方，在舊市街所在地的巴盆地西南邊。

從東北到西南，疑似狗神之物斜斜穿過巴市，朝狩野家的方向移動。

「──得在出現人類被害者之前抓到才行，只有詛咒絕對不能原諒。」

美鄉低沉地小聲說著。怜路也微微點頭表示「就是啊」。遭遇許多悲慘經歷的美鄉，對詛咒的憤怒也很強烈。

怜路感激收下資訊且約定要幫忙後，總之先請貧困公務員吃一盤串燒。目送填飽肚子的美鄉離開居酒屋順便休息一下，怜路靠在後門上點菸。從褲子口袋中拿出和紙，怜路叼著菸開始摺起紙來。

（哎呀哎呀，終於要到了啊……，但看起來障眼法還真的達到效果了呢。）

但是狗神也終於儲備好可以打破那個的力量了。

從東京到這裡避難已經一年半，怜路也做好了起碼的準備。

（但是，稍微出現了一點眷戀啊…………）

怜路想起，現在應該正開著廉價輕型汽車在回家路上的寄宿人。

另一方面，開在夜晚山路上朝狩野家前進的美鄉，在轉了個大彎之後突然踩剎車。車子前方有隻動物跑出來。「咚」的保險桿附近傳來撞上什麼的聲音。

「嗚哇，撞到了？」

從對方的體型來看，大概是狐狸或野狗。美鄉慌慌張張把急忙轉動方向盤跑出對向車道的車子停到路肩後下車。如果對向有來車或是後面有車，也只能撞了動物後丟下不管，但這條路上除了美鄉沒其他車子經過。要是丟著不管也睡不安穩，美鄉四處尋找被撞的動物。

「找不到，是逃跑了嗎？」

如果昏倒或當場死亡也就算了，只是點小傷的話，野生動物會跑掉。但這些動物大多也會在山裡嚥下最後一口氣，美鄉對此也無能為力。沒有辦法，美鄉只好折返回車上。

「嗚嗚。」車子上傳來低鳴聲。

驚訝地抬起視線的同時，腥臭的氣息吹在美鄉額上。

從開著大燈的車燈陰影處，有隻野獸朝美鄉發動攻擊。

（──狗神？）

被車燈影響，無法看清暗處之物。美鄉瞬間只靠著對方的氣息使出手刀，感覺砍中沉重東西的同時，野獸的氣息也隨之拉遠。

（糟糕，看不見。）

美鄉慌慌張張閉上眼，搜尋狗神的妖氣。腥臭，彷彿凝結野獸臭氣的東西就集中在美鄉幾步前，他專注著不放過氣息張開眼。

聽見不間斷的低鳴聲，沒想到自己竟然會成為第一個人類受害者。美鄉再怎樣也嚇一大跳，但只要能在這裡解決，就可以不讓其他人受害。

（話是這麼說，我沒有任何道具。）

手邊沒有切幣、散米等神道系統除魔淨化用的道具，也沒有芳田使用的密教法具，雖然不是武鬥派，但這似乎只能赤手空拳對付了。

豎起食指與中指，結出刀印做出破魔劍。

藉著氣勢橫向一劃，但被它閃過了。

動作矯捷的野獸跳上護欄，再次朝美鄉發動攻擊，狗神用前腳把美鄉壓倒在地。

任其長長的骯髒指爪崁入美鄉的肩膀。

「──唔！」

美鄉瞬間採取護身姿勢倒下，刀印因此解開，恐懼在他心中創造出破綻，就在那一瞬間。

「啪」的襯衫上方兩顆釦子彈開。

從頸邊竄出的白遮蔽視線。

滑動的鱗片撫觸肩口，聽見野獸在扭動的純白蛇體那頭哀號，美鄉坐在地上往後退。拉開距離定睛凝視後，看見狗神被白蛇緊緊纏繞不停掙扎。

「白太先生。」

美鄉呼喊住在身體裡，解救自己脫離危機的白蛇之名。雖然平常得費一番工夫應付它，但這種時候相當可靠。

美鄉重新調整姿勢想要把狗神抓起來，不可以讓它逃脫。

「不容任何鬆懈之束縛繩基於不動之心，承我不動明王正身本誓，發大願降此惡魔──哇啊！」

美鄉想要使出不動束縛咒之時，有什麼東西朝他正面撞上來。美鄉被迫中斷詠唱咒語，揮開撞上來的東西之後咋舌。一看，那是用和紙摺出的鳥。和紙鳥在被打落地面的瞬間燃燒化作灰。

白蛇被美鄉的驚叫聲拉開注意力，放鬆束縛狗神的力量。美鄉還來不及阻止想要回到他身邊的白蛇，狗神已經掙脫白蛇逃跑了。一轉眼，狗神已經消失在道路旁黑暗的草叢中。

「啊——！真是的，你不用回來也沒有關係啊……」

美鄉沒用地大聲嘆氣，迎接白蛇回來。白蛇寄住在美鄉身體裡，幾乎和美鄉合為一體，如分身般的存在。和用咒術做出來的式神不同，不太聽從美鄉的命令。

雖然是被突襲，但沒逮到它真令人不甘心。

但多少掌握了一點資訊，關於狗神的模樣以及役使者。妨礙美鄉的，是修驗道系統的術者所用護法的一種。

「……蛇的嗅覺很敏銳啊。」

回到體內的蛇告訴美鄉，它對護法的術者很熟。

美鄉呆站在原地一段時間後，口袋中的手機響起收到訊息的鈴聲。

「謝謝你當我的『障眼法』到今天，幫了我大忙了。家裡的東西隨你用，保重啦。」

在黑暗中發光的液晶螢幕，留下不冷不熱的訊息後轉暗。在被山脈氣息掌控的縣道路邊，美鄉只是盯著轉暗的畫面看。

「那麼，關於這次狗神的事，我們先來統整一下吧。」

特自災害狹小的辦公室中，響起組長芳田富有磁性的聲音。和組長座位在同一個區塊的辻本，低頭看自己做的資料。時間是上午，宮澤一大早就報告他遭到狗神攻擊，所以召開緊急會議。

這個小組的職員有十人，芳田及辻本等技術職員和會調動的一般行政人員各半。芳田把移動式的白板掛在工作聯絡用的黑板上，打開白板筆的蓋子。

「狗神已經到這附近來了，但不知道正確時期。大概為了不被發現而拿山上的動物當食物，所以很難掌握。」

最新的受害就是昨天宮澤遇襲，在這之前也收到好幾件野生動物不明死亡的報告，但沒人想過那是「狗神所為」。

「宮澤昨晚已經確認狗神的存在了，役使的術師似乎派護法跟著，妨礙宮澤降伏。」

芳田邊向所有人說明邊看著宮澤，坐辻本旁邊的宮澤僵硬點頭。

「也可以推測出派出護法的術師是誰，名叫狩野怜路，去年從東京搬過來的年輕男子。」

芳田這句話讓一部分職員的視線集中在辻本隔壁座位上，那是知道宮澤和狩野關係的人。辻本沒有抬起頭，偷偷關注宮澤的狀況，朝會前，比平常更早來上班的宮澤努力冷靜報告。

大概整夜未眠吧，宮澤的表情有幾分憔悴，但沒有非常混亂的樣子。他明顯扼殺情緒的表情，纏繞著與平常柔和印象完全不同的僵硬氛圍。如果指著現在的他說「他就是鳴神的噬蛇者」，大家肯定都會自然接受。

「——但是，不清楚是不是本名。稍微特別拜託市民課讓我們確認了他的住民票和戶籍資料，但也是不清不楚……『狩野怜路』的住民票在東京都登錄是在兩年前，他原本似乎是無戶籍者。問題在於，其實現在的狩野怜路所住的房子，過去曾經有個同名同姓的人住在那邊。」

聽到芳田的說明，好幾個職員不解歪頭。上午去市民課協調查詢狩野怜路身分的人是辻本，他也很困惑。

「這是怎麼一回事？是假冒身分嗎？還是說他本人回來了嗎？」

朝賀代表大家提問，順帶一提，她說出的這句廣島腔是帶有尊敬意涵的句子。在大家滿頭困惑的場面中，可以帶動話題的朝賀是令人感激的存在。

「我個人認為應該是假冒身分，原本住在巴市的『狩野怜路』早在十幾年前死亡除籍了。而且兩個『狩野怜路』的出生年月日也不同。」

也就是說，那個「怜路」是姓名完全不同人物的可能性極高，這是芳田的見解。

「狩野是修驗道系統的術師，但在東京近郊的山裡，並沒有這個名字的修驗者所屬。他可能在哪裡用『本名』登錄，但我想他是外法僧的可能性更高。因為狗神和飯綱、管狐不同是外法物。」

職員們各自看手上的資料，邊寫上筆記邊聽芳田說話。

飯綱及管狐是修驗者向神佛供奉祭品祈禱好幾天之後，神佛賞賜自己的眷屬靈狐給他們役使的法術。與之相較，狗神是自己做出妖魔的邪惡妖術。

「那麼，關於狗神，狩野搬來巴市大概一年半，但在今年秋天前沒特別聽說什麼受害狀況。我剛剛也說過了，大概是靠我們不會注意的小獵物慢慢儲備自己的力量吧。」

「組長。」

辻本看著資料輕輕舉起右手。

「辻本，怎麼了嗎？」

芳田要辻本發言。

「他為什麼要特地來這種外來者特別醒目的鄉下地方呢？該不會是被誰追捕吧？」

「關於這點，去年年初起，東京那邊傳出有個狗神役使者被殺，狗神被搶走的事情。這件事沒有留下任何記錄，但從時期和內容來看，應該並非毫無關係。

我也只是從那邊的同業口中聽到謠言而已……就算是都市，這是個很小的業界，絕對不會輕饒背叛者。或許是害怕制裁，換了個名字逃來這裡吧。」

就算把辻本等人和鳴神一族這樣的大型組織算在內，這個業界還是很小。在這之中，靠個人經營立身的「祈禱師」的社會應該更狹小吧。

這是相當信任口耳相傳的業界，在同業者中的人脈越廣就越容易接到好工作。壞事也傳得快，封閉且對背叛者毫不留情。和普通社會不同有自己的規則，是相當特殊的世界。

「那麼，本籍巴市的『狩野怜路』的死因是事故還是什麼？這種時代要是有十歲前後的男孩死掉，在我們這種鄉下地方應該會很有名吧……『他』特地自稱這個名字有什麼好處嗎？」

辻本摸著下巴，邊想邊說。確實如此，周遭的人也開始騷動。旁邊的宮澤仍維持沉默，但他肯定比誰都想要從狩野本人口中聽到事情始末。

狩野似乎對宮澤說了「當我的障眼法」。

這是表示讓人無法察覺狩野役使的狗神的氣味嗎？在東京殺死伙伴搶走狗神的狩野，為了把狗神藏在巴市裡，擁有強大蛇精氣息的宮澤，是有很大利用來當煙霧彈價值的人。

辻本也從宮澤口中聽到他會到狩野家寄宿的經緯，從他口中聽到的狩野是個很照顧人、心胸寬大的人，年紀相近的兩人看起來是很好的朋友。一想到宮澤，就希望「狩野怜路」不是完全虛構的人物。

「十幾年前，狩野怜路的除籍理由應該是水難的認定死亡。他的家人也相同。一家四口被河水沖走後行蹤不明的事故，因為不是發生在巴市內，所以沒有那麼有名……」

認定死亡，是指因為水難意外或火災等行蹤成謎者的遺體沒被尋獲時，由政府權限在戶籍上認定為死亡。

「但反過來說，如果他真的就是巴市的狩野怜路，只要向我們提出申請取消認定死亡就能恢復戶籍。他沒這麼做，也可說他是冒充者的可能性極高。」

「原來如此。」辻本點點頭雙手環胸。還以為芳田的假設有什麼破綻，但辻本想到的可能性早被芳田推翻了。

但仍舊不清楚「他」到底是怎樣得知「狩野怜路」的存在，並且選擇他成為冒充的身分。從東京來看，巴市是個遙遠，在深山裡的地方。但肯定正因為如此，對「他」來說，這是絕佳的隱身處吧。

「聽說狩野本人表示他失去記憶，所以沒有小時候的記憶，但只是本人這樣說。假設他是『狩野怜路』本人，而且不記得住在巴市時的事情，那就會出現他是怎樣、又為什麼要回來巴市的疑問。」

比起這個說法，芳田認為他是刻意自稱「狩野怜路」，並且利用這個名字買下早已賣給第三者的狩野家的推論更說得通。真的另有狩野家前屋主——也就是從真正的狩野親屬手中買下房子和土地的人物存在。

「有人想要確認其他事情嗎？……如果沒有，我想要討論接下來該如何應對。」

職員們各自輕輕點頭，辻本的視線也看見宮澤稍微點了頭。

「對我們來說，雖然也需要找凶手，但要以『不能出現被害者』為最優先。我想要趕快規劃捕獲狗神的作戰計畫，並加以執行。」

特自災害並非警察，逮捕咒術師不是他們的本業，他們的工作基本上還是「防災、消災」。

「想要事先在狗神下一次出沒的地方設陷阱應該有難度，因為現階段，對方的獵物沒有共通點。但今後，已經有力量攻擊人類的狗神，可能會開始以什麼目的行動。在這之前，我想先在各地設下狗神容易上鉤的誘餌做陷阱。如果狩野怜路的姓名和出生年月日是真的，真要說起來，我也能去找身為『重要證人』的他的所在地……但那看起來也很難。如果要做，我就想想辦法去跟警方說看看吧。」

在咒術的世界中，只要知道對象的姓名、出生年月日和出生地點，就能做占卜或詛咒對方等許多事情。如果是平常，身為市公所單位的特自災害有很大的優勢，但這次派不上用場。

「那個。」

至今一直保持沉默的宮澤開口，組員的視線全聚集在他身上。

「——即使如此，不能還是試著占卜看看嗎？不管是占卜我認識的『怜路』還是已經死亡除籍的狩野怜路。」

說空無一人的極限聚落「住起來很舒服」的房東，如果正在躲藏什麼東西的追捕也毫不奇怪。早上報告時，宮澤低著頭如此說。即使如此，對他來說，同住一個屋簷下半年的朋友的一切都是謊言，讓他難以置信吧。

「宮澤你所知的『狩野怜路』十之八九是假名。或許出生年月日是用他自己的吧……但我們這裡沒有擅長占卜的人。如果由我來做，一次占卜包含準備在內就要花一天時間。在狗神已經開始攻擊人類的現在，狀況不容許把時間花在這上面。」

占卜術和咒術是不同的技能。當然也有會兩種技能的術師，依宮澤所在的環境，身為鳴神家族長兒子的立場，他或許基本上學過咒術和占卜術。但在只有五個技術職員的特自災害內，沒有餘力聘用專門占卜的術師。就算只是單純「占卜」，特自災害或鳴神用的方法也和路邊的占卜師花的勞力和時間完全不同。

「很抱歉啊，我也得請宮澤你以捕獲狗神為優先行動。你或許想要嘗試看看占卜術……但我剛才也說過了，我們單位的工作是『保護市民』。」

考量到宮澤的心情，這或許相當冷酷，但身為市公所的一個單位，特殊自然災害組非得以這個使命為最優先不可。因此，芳田得負責該建立怎樣的作戰方法，如何分配資源，以及下決定。他判斷沒辦法將身為咒術師的宮澤排除在戰力外。

「我剛才也稍微提到，可以請警方協助，請行政人員幫忙搜索。請你體諒。」

「……好的，我了解了，謝謝您。」

宮澤低頭道謝，他當然還有不成熟的地方，但他是能冷靜聽對方說話理解狀況的聰明青年。辻本從旁偷看他的表情，也沒有明顯的陰影，大概只是為了不留下疑問而確認吧。

順帶一提，世上也沒有「狗神役使犯」這個罪名，所以這次的事情也沒辦法直接拿這當理由要求警方行動。但另一方面，警方有時也會把束手無策的事情丟來特自災害，彼此是互相幫忙的關係。芳田大概會找什麼理由，交涉讓警方搜查吧。

「那麼，大概就跟我事前個別找大家說過的一樣，但還是讓我重新說一次工作分配。有問題的請現在確認，首先是大久保——」

包含辻本及宮澤在內的技術職員全都負責追捕狗神，而尋找狩野的工作只能靠和警方與市民課合作以及居民提供的消息，所以交給一般行政人員。

辻本抬起頭來，這次真的轉過去看宮澤。

如能面的小面般白皙美麗的側臉，靜靜看著自己手邊。

美鄉被狗神攻擊的那晚，怜路沒有回家。

夜不成眠的美鄉掛著黑眼圈，提早出門上班後，好不容易報告完前晚發生的事情。老實說，他很想要請假用盡所有手段去找人，但也無法這麼做。

壓抑憂鬱與不耐的心情，好不容易做完上午工作的美鄉進入午休。他平常都會在自己座位上吃早上預訂的便當，但今天就算只有午休時間也好，想要自己獨處。美鄉領取便當後在館內到處晃，尋找可以靜下來的地方。

在他想上屋頂朝樓梯前進時，被站在走廊上說話的工會專職職員逮住，要他下班後出席讀書會和飲酒聚會。

「請恕我拒絕。」

美鄉發出連自己也感到驚訝的低沉冰冷聲音，找他說話的職員，和站在旁邊說話（倒不如該說應該也是被職員逮到）的男性職員瞪大眼睛愣住。仔細一看，被逮到的人是廣瀨。

「不是啦，你也是我們工會的人啊，新進職員每個人都要參加啊……」

「請別理會我，我現在工作很忙，沒有辦法出席。」

如果是平時美鄉大概會陪笑，努力擠出不傷和氣的婉拒說詞吧。但很不湊巧，他現在沒有分毫從容。大概對新人高傲的態度感到不悅吧，專職人員表情抽搐地稍微加重語氣。

「工會活動是職員的權利，你去跟組長說一聲，讓你可以早點下班。讀書會都是些大家接下來在工作中得要知道的重要內容。喝酒聚會也是，宮澤你也別老是悶在自己的單位裡，起碼在這種時候要和大家說說話啊。」

「就算是權利也非義務，請別多管閒事。在你說權利等等事情之前，請先別浪費我吃午餐和休息的時間。」

體格壯碩的專職職員擋住走廊，無比煩躁的美鄉完全無法忍住口舌之快。

「宮澤，我是為了你著……」

「我在說你很礙事。」

說完瞬間，專職職員變了臉色完全僵住。同時也聽見誰噴笑出聲，但美鄉毫不在意地穿過職員身邊快步走過走廊，走上樓梯抵達屋頂。好險，屋頂空無一人。坐在屋頂邊邊，抬頭看飄浮魚鱗狀積卷雲的秋季天空，老實說，他沒有食欲。

到底是為什麼感到如此受傷，自嘲的聲音在內心響起。

美鄉曾經因為被詛咒而面臨生死關頭，那是高中畢業前夕的事情。

那是家族裡不喜歡美鄉的人所為，他花了一整天與想從內側吞噬他的蛇搏鬥，戰勝對方後活下來了。

那天烙印在他心中，對這份毫不講理無可忍受的憤怒，他大概永生不會忘記，也因此強烈厭惡詛咒。好不容易活下來之後，他把家人、高中之前交的朋友全部拋棄。襲擊美鄉的災禍，只是不講理地踐踏搗亂美鄉的人生。

「但是……覺得遭到背叛只是我的自以為吧。」

美鄉抱膝嘆氣，伶路只是剛好看見流落街頭的美鄉，知道他被蛇附身才帶他回家，這個事實沒有改變。知道他不在意白蛇願意留在身邊感到開心，知道他是狗神役使者而感到痛苦全是美鄉自己的想法，與伶路無關。就算「伶路」不是本名，也不會改變伶路給他的恩惠。

（但是，為什麼啊。）

柔軟光線穿過薄薄積卷雲照射下來，這個季節的風日漸寒冷，但在陽光下還不至於發抖。

美鄉坐在地上縮成一團一段時間後，他身邊通往屋頂的門被打開了。絞鍊的軋吱聲讓美鄉抬起頭。

「……宮澤。」

探頭出來看的是廣瀨。意料之外的人讓美鄉打從心底嚇得睜大眼。大概是美鄉的表情太過愚蠢，從門後探出頭的廣瀨噗哧一笑。這麼說來，剛剛從工會職員身邊逃跑時，笑出來的人或許也是廣瀨。

「咦，怎麼了嗎……？」

憂鬱心情全被嚇飛，美鄉仰頭直盯著對方看。尷尬地微微苦笑的廣瀨，在美鄉身邊蹲下來。廣瀨朝著天空而非美鄉說：

「剛剛那個真是痛快，所以來找你一下。」

光這樣就知道廣瀨也覺得工會的邀約很煩。「喔。」美鄉愣愣應和後，廣瀨轉過頭面對他瞇起眼來。

「我還是第一次看見你生氣。」

「哈哈，是這樣嗎？」

稍微冷靜後回想，自己還真是說了相當凶狠的話呢。美鄉在心中抱頭煩惱著今後應該會很慘吧，廣瀨自嘲地「哈哈」一笑點點頭。

「是第一次，你老是笑咪咪，不會太過認真，不會太過輕浮，念書不好不壞，運動也不好不壞，雖然沒有特別醒目的地方，但我覺得你真的是個好傢伙。」

美鄉在心中吐槽幹嘛全是過去式啊，但也記得自己刻意這樣做。當時原本就背負著「陰陽師的兒子，而且還是私生子」這種麻煩的身分，他可不想被深究這件事情而搞出麻煩。

「——但是啊，你畢業典禮那時很奇怪，臉色明顯很不好，但是……」

他表示，看見美鄉的笑容、態度和先前完全沒有不同後才發現。

「我才發現你的『笑容』等同於『面無表情』。……我還以為自己算是和你感情還不錯的同學耶，結果手機打不通，人也不在老家，更不知道你念哪間大學。到這種地步，連我也能想像你家可能發生什麼事了。但是，你什麼也沒有說，我就想，我對你來說大概就是背景人物吧……然後呢，再次相會竟然是這樣。」

廣瀨指著美鄉的頭不懷好意一笑，美鄉不知如何反應，開始玩起綁成一束的髮尾，接著問出最大的疑問。

「那為什麼今天？」

美鄉完全無法理解廣瀨現在笑著坐在他身邊的狀況。他一直以為自己被討厭，但聽廣瀨所說，那其實是因為美鄉先背叛。

「原來你也會那樣生氣啊，感覺第一次看見你真正的表情。你對工會大叔不留情面講話真的超級帥的。」

廣瀨笑著說「所以我才會追上來」。超乎預料外的回答，讓美鄉更加困惑。他只是失去從容暴露醜態而已，到底是哪點戳中廣瀨的心啊？

「我是不知道你發生了什麼事才那麼不從容啦，但你一臉認真的樣子……該怎麼說呢，你還真是個美人耶。」

「什麼？」

這次真的毫不客氣地回問。在自己走投無路之時，廣瀨到底是在說什麼啊。大概被美鄉的反應戳中笑穴，廣瀨咯咯發笑，美鄉只能愣愣看著他。這麼說來，他確實是挺會炒熱氣氛的人。就連戴上人畜無害假面具隱藏自己的美鄉也親切以待，是班上的風雲人物。

「這個……那個，什麼，我該道謝比較好嗎？很對不起，我現在沒有那個心思……」

「我想也是，那，是為什麼沒有心思啊？」

廣瀨止住笑之後咧嘴問，看見美鄉努力裝出嚴肅表情，廣瀨再度相當愉悅地笑瞇眼睛。

「不是什麼太愉快的話題，是我的——」

以為是朋友、恩人的人，其實是狗神役使者。狗神這類人工創造出妖魔役使的「蟲術」是美鄉最討厭的咒術，所以他大受打擊。另一方面，朋友在被發現最近四處作亂的狗神與他之間的關係後，沒有好好說明就行蹤成謎。再這樣下去，收拾狗神的同時也得要逮捕朋友。

「結果我連他真正的名字，他在那邊到底發生了什麼事情，全都不知道。他可能是狗神役使者，而且還是強奪別人狗神的傢伙之類的……聽到種事感覺自己遭到背叛，但又覺得哪裡不太對。該怎麼說呢，稍微對我溫柔一點，有種只有我單方面覺得和他變要好的感覺，但他——」

他真的只把美鄉當成障眼法而已嗎？

他不是那種殺死他人奪走對方東西的男人。雖然很想相信，但不管怎樣，都無法改變他沒有對自己坦言任何事情的事實。美鄉毫無保留說出對怜路的怨恨和自己的不中用，這才發現現在感受到的憤怒與煩躁，和廣瀨在高中畢業時感受到的心情差不多。

一開始粗暴的語氣，也在發現後漸漸冷靜下來。

廣瀨大概也有相同想法吧，邊聽邊用「嗯～」的輕鬆語調應和，在美鄉說完後開口。

「——被自己以為親密的傢伙推開很痛苦對吧。與其說我這麼相信你卻遭你背叛，倒不如說是『我還以為你相信我，結果根本不是那樣』的感覺……令人意外地會很大受打擊耶。」

原來自己那麼沒價值啊，不值得信賴啊，或是說，其實只是個沒有敞開心胸價值的存在嗎？對方在自己心中占據的位置越重要，憤怒與悲傷也越強烈。依賴也等於被需要。每個人只要「希望被誰需要」，就是「需要那個誰」。

「狗神不是可以永遠控制住的東西，使用次數越多就會累積越多邪氣而變大，總有一天會反噬術師。就算不是那樣，役使失敗被打回來時，攻擊會反噬到術師身上。那種東西……」

美鄉不是因為義憤填膺而不耐煩，也不是對那在遙遠地方發生的，也不知是否為怜路所為的事情生氣。他只是很不甘心，不甘心怜路什麼也沒說，自己什麼都做不到，怜路在美鄉遙不可及的地方傷害自己的身體。

不知何時，美鄉抱膝對著廣瀨抱怨不滿與不安。廣瀨對這種遠離現實的話題沒出現特別抗拒的反應，只是邊應和邊聽他說。

「也就是說，他把你當障眼法，是因為背叛伙伴遭到追捕，所以拿你當擋箭牌囉？那還真是夠狠耶。公寓租給兩個人真的是偶然嗎？那傢伙也會出入你問的那間房仲對吧？」

不認識怜路的廣瀨，毫不留情說起推論，該不會打從一開始全都照怜路的計畫進行了吧。

「我也不知道，但我覺得應該不太可能……如果要確認，也得找到他才行。」

美鄉也不知道自己見到怜路後要說什麼，是想要救他還是想懲罰他，而且心中也還有無法置信的心情。美鄉的白蛇，至今從未在怜路身上感覺到狗神的氣味。

「喔……哎呀，總之吃飽飯再加油啦，午休差不多要結束了喔。」

說完後，幾乎打擾了整個午休時間的男人站起身，午休時間確實只剩下大概五分鐘。時間短得不足以把冷掉的便當塞進肚子裡，但美鄉仰頭看著站起身的廣瀨微笑。多虧有廣瀨，他的心情輕鬆多了。

「謝謝你聽我說這麼多，我會努力看看。」

和他對上眼的廣瀨稍微睜大眼，看著遠方嘆氣，小聲回應「喔」。

「那我先走啦。」

只留下這句話，屋頂的金屬門啪噹關上。

失去主人的狩野家一片寂靜。

不對，會這麼認為單純只是美鄉的感傷，實際上和昨天之前沒有兩樣。美鄉回家時怜路大多已經出門上班，平常總是只有黑夜中的宅邸和充滿小妖怪氣息的中庭迎接美鄉。

一如往常，美鄉先回自己在別屋的房間。

他不想要去沒有怜路的居酒屋，但家裡冰箱也沒有晚餐。結果把去超商買的便當丟進微波爐中按下加熱鍵，離開發出「嗶鈴」的微波爐，美鄉從冰箱拿出麥茶。

中庭傳來嘈雜的蟲鳴聲，不知何時，蛙鳴已經遠離。把面對中庭的落地窗全部打開的日子減少，早晨寒冷充斥著濃霧的日子也變多了。

「孤單一人啊……」

不知不覺試著發出聲音。

狩野家蓋在可以俯瞰農田的高臺上，彷彿被後山擁抱。就連最近的「鄰居」也距離數十公尺遠，那個房子也只有週末會有車子出現，平常都是空屋。這不是可以聽見鄰居生活聲響，集合住宅中的「獨居生活」，真的沒有任何人。除了自己以外沒人會回來這個家的夜晚，太過寧靜了。

一整年。怜路就在這裡獨自生活。

是屏息潛藏的逃亡生活嗎？

住進這毫無因緣的鄉下空屋，在不知有誰住過的房子裡，甚至連自己的姓名也得偽裝度過孤獨的夜晚嗎？

胸中憤怒與不甘心的情緒過後，被疲憊感與空虛感占據。

「嗶——嗶——」熱好便當的微波爐發出不滿的聲音。要他不快點來拿就要冷掉了。把杯子和麥茶放在小茶几上，呆呆看著窗外的美鄉小聲回應「好啦好啦」。

扒下稍微變冷的便當後，準備洗澡。早上還想著下班後就算只有自己一個人，他也要出門去找怜路。但芳田和辻本輕易看穿，再三警告他。既然身為組織的一員，就算是工作以外的時間，也不能因為擅自行動而讓事態變得更混亂。而且總之今天已經累過頭了。

身邊的手機突然響起旋律，通知他前幾天設好鬧鐘的電視節目要開始了。

美鄉還沒有買電視，平常也沒那麼熱衷看電視，如果有無論如何都想看的節目時，他就會到怜路的房間去看。附有藍光錄影機的大型電視，就坐鎮在許多物品散亂的主屋起居室裡。

多少可以分散注意力吧，抑或是沒有主人的房間會很空虛呢。美鄉就在不清楚的狀況下，信步朝主屋走去。這麼說來，那男人有多少收拾一下東西嗎？要他隨意使用剩下的東西，是表示他不打算再回來了嗎？

（與其說被拆穿了跑走，根本就是——）

彷彿知道死期後消失身影的貓咪。閃過腦海的可能性讓美鄉全身顫慄，他搖搖頭，這沒有任何根據。

走在燈泡照耀下的昏暗北側走廊上，朝怜路使用的起居室走去。途中經過洗手間和浴室，就快要走到小小儲藏室前時。

肚子內側被摸了一把的感覺。

這是他身體裡的白蛇想要主張什麼時的感覺，美鄉繼續往裡頭走。

「……這裡有什麼嗎？」

白蛇想要進儲藏室，美鄉遵從白蛇的意思，手擺上拉門把手。反正現在的心情也沒辦法專注看電視節目。

美鄉事不關己地想著，他現在比以前對白蛇還更寬容了耶。剛來巴市時覺得無法與任何人共享祕密的白蛇，不知何時變成「美鄉的寵物」。芳田和辻本若無其事的對待也是原因之一。但最重要的是怜路毫不動搖地接納這件事。

「欸，白太先生，我們可以來這個家真的太好了。怜路是房東真的太好了。」

腹地寬敞的這裡和學生時代的宿舍生活不同，就算白蛇不小心溜出去也不會被人看見。只要唯一可能看見的房東不在意，美鄉就不需要害怕蛇偷跑而繃緊神經，可以好好睡覺。最重要的是，怜路是第一個能把白蛇當成理所當然的存在，提起白蛇的人。

拉開不滑順的紙拉門，兩邊是壁櫥，正面的另一頭是客房，這間四方被紙拉門包圍的二點二五坪的空間一片黑暗。

「——咦，這裡是。」

這裡應該是美鄉從來沒有打開過的房間，但他有印象。為什麼呢？他思考了一會後，想出的答案讓他抱頭。

「對啊，白太先生在這邊……」

以前，白蛇趁美鄉睡覺時溜出來跑進這個房間。美鄉沒有完全追蹤白蛇的視線，彷彿夢中記憶般不清楚，但他確實看過。怜路就是那時看見了白蛇。

瞇起習慣黑暗的眼睛，拉住和風吊燈型的日光燈開關。「喀嚓」一聲拉下拉繩後，視線變得明亮，暈黃的光芒照亮狹小房間。

白蛇在肚子內側主張意見。

「什麼，這個壁櫥？嗚哇！」

照著指示拉開壁櫥拉門，都還沒拉開一半，白蛇就從美鄉脖子溜出來跑進上層壁櫥裡。

「喂、喂，白太先生！你在幹嘛啦！」

美鄉慌張地鑽進充滿霉味的壁櫥，它是感覺到什麼好吃的氣息嗎？

這隻蛇不會攻擊人類，平常都乖乖待在美鄉身體裡，溜出美鄉身體出來散步時當「點心」吃的也是就在旁邊的妖怪。

在幾個交疊的紙箱後方，靠著壁櫥牆邊擺放的金屬製盒子上方擺著兩個有雙手環抱大小的布巾包裹。把前方的紙箱拿下來擺在地板上，白蛇就纏在兩個布包上看著美鄉。

「你要我打開這個嗎？……包得還真是仔細呢。」

一拿起來，意外地重。美鄉小心分別拿出來，開始解開布巾。和包裹一起被拿下來的白蛇乖乖地回到美鄉身邊，纏繞在美鄉肩膀上。

（這不是有意圖的封印，是什麼呢？是「想遺忘」的心情直接變成咒術了嗎？）

從碰觸到打結處的指尖傳來悲痛的心情。

想要忘記，想當作什麼事情也沒發生，但是沒辦法丟棄。

僅僅只能將其從視線中消失遺忘，但是也無法隨意對待，很重要、很重要的物品。加諸了所有心愛與悲傷的「包裹」、「打結」行為，在沒有意圖的情況下創造出強力封印。每打開一個結，就從中透出強大的靈力。

「……巴人偶，這樣啊，是這裡的祖父和祖母包的啊。」

美鄉碰觸鮮豔、毫無褪色的陶土人偶，狩野家的年輕夫妻和兩個小孩，出去玩時遇到水難事故就此音訊全無。然後這個家中，聽說只留下孩子們祖父母的老夫妻。他們也在幾年後過世，這棟房子也變成空屋，老夫妻在整理成為不歸人的孩子與孫子的遺物時，肯定相當痛心。

兩個包裹分別是天神人偶和女孩人偶，是送給男孩和女孩的巴人偶。肯定是「狩野怜路」和他姐姐的人偶。

但為什麼曾經賣給完全無關的第三者的這個房子，巴人偶還會留在這裡呢？美鄉邊感到不可思議邊伸出手，突然發現一件事。

「這個天神人偶——」

曾住在這裡的「怜路」少年的天神人偶，肩口有個大裂痕，是在快要一分為二的情況下，相當仔細地用布包起來固定。它大概已經曾以守護人偶的身分代替少年受災了。從裂開的天神人偶身上傳來的力量很微弱。

另一邊，姐姐的女孩人偶沒有一點裂痕，相當完美。這大概並非因為女孩人偶的守護對象仍然健在，碰觸後從人偶身上傳來的哭嚎，如此告訴美鄉。

白蛇蠕動爬回體內，在他身體裡細語。──他們一直在呼喊。

碰觸人偶後，從指尖傳來幾乎痛苦的殷切呼喊讓美鄉緊咬雙唇。

美鄉撫摸鮮豔的人偶們。

解開封印的人偶們向美鄉傾訴，破裂的天神人偶氣若游絲祈禱著，仍舊美麗的女孩人偶攀住希望般強烈傾訴。

「**救救那孩子，救救怜路。**」

不知道是為了誰，是為什麼，美鄉臉頰滑過一道淚水。

半夢半醒淺眠中，怜路夢見以前的事。

那也在醒來的瞬間模糊輪廓，取而代之的是痠痛的身體主張自己的存在。在車上睡了兩天，就算是有點等級的普通小客車也會腰痠背痛。

說以前也頂多就兩年前生活之處的景色，大都市一角，與清潔繁華相差甚遠，聚集在雜亂小路角落的濃厚陰沉之處。半隱身在這陰沉裡，內心有愧者互相依偎之中，怜路也找到了算得上舒適的巢穴。

當時根本沒想過自己會離開那個巢穴，對將近被強迫收下而得到的巴市房子也沒有太大的興趣。而開始在這邊居住後，果然還是有強烈「暫居」的心情。——即使那是怜路自己的「老家」。

身體顫了一下。關掉引擎的車內，凌晨時分意外地冷。他豎起椅背轉動鑰匙，狗神是在夜間活動。怜路等待著應該正在尋找他的狗神，似乎在不知不覺中睡著了。

地點在穿過山脈的國道旁，早已倒閉的汽車旅館腹地內。從任職的居酒屋早退後已經超過一整天，怜路一直在這邊等狗神。基本上有在居酒屋旁的超商買好幾餐的食物，但沒做好長期抗戰的準備。口中念著「快點來啊」，在被巴市秋季獨有的濃霧包裹的車中渡過。

時至此時還是覺得這真是奇妙的地方，再怎麼說，市公所裡竟然有專門解決怪異事件的單位。這裡就是「妖怪」——山靈氣息如此濃郁的土地。

遭到狗神追捕，離開都市巢穴已經一年半。

他一度與其正面對戰，大幅削弱對方的力量。狗神應該是靠著小動物慢慢恢復力量，追著怜路而來。

原以為會更快被找到，但出乎意料外，包圍巴市的濃郁山靈氣息以及美鄉的蛇達到障眼法的作用。原本一直線朝怜路而來的狗神，似乎迷失方向了一段時間。

但這時間似乎也結束了。如果它終於儲備好力量，巴市內開始出現受害案件，怜路也不得不收拾了。

找美鄉商量，他應該會願意幫忙吧。怜路想起那張嘿嘿和善笑著的柔和美貌。他刻意寄出那封深有含意，甚至可能招致誤會的訊息也有理由。

繼續給其他人添麻煩就傷腦筋了。

結果狗神之所以沒有出現，是因為被美鄉擊退時意外受到打擊，或者是在完全不同的地方亂來。怜路祈禱是前者。透過保險起見送去跟著美鄉的護法，怜路看見狗神碰見美鄉時的狀況。

「但是，要是那傢伙被彈回主人身邊或是被降伏就糟糕了。」

怜路瞪著圍繞著朝霧，寧靜冰冷的廢墟。

「快點來找我啊，要和你一起下地獄的人是我。」

對廣瀨孝之來說，宮澤美鄉是高中生活的遺憾。

以為溫和又友善的朋友的變化，讓他不知所措無法追問。

對自己的不中用，什麼也沒發現的遲鈍，他一直感覺愧疚與後悔，以及怨恨對方什麼也不說。這變成高中生活最後的苦澀回憶，化作小刺留在心中一隅。

每個人肯定都有這樣的對象吧，對廣瀨來說，他以為宮澤是相遇、彼此錯過就此成為過去的對象之一，再也不會見面，心中的小刺也會這樣留著一輩子。

而那個宮澤，就在櫃檯那頭低著頭走過來。看他穿著工作長褲和市公所夾克，立刻能知道他現在要外出。也不知道巴市是用什麼品味採用的，大紅底色加上黑色衣領的夾克相當花俏。

一旁的時鐘即將指向下午四點，中午前覆蓋天空的霧也完全消失，再不久就要到時間提早許多的傍晚，秋季柔軟陽光從大窗戶外射進來。

宮澤的目標似乎是放在財管課的公務車鑰匙，廣瀨直直盯著經過住宅營繕組前的宮澤看。但一臉即將趕赴戰場表情的宮澤完全沒發現。

「喂喂，宮澤。」

沒辦法，廣瀨只好開口喊他。宮澤驚訝地睜圓眼睛喊出聲「哇，廣瀨！」便停下腳步。看來他現在毫無從容，但就算把這考慮在內，他還真是無情啊。

「對不起，我在想事情。」

大概是全寫在臉上吧，宮澤垂下眉毛嘿嘿一笑。這是高中時代看慣的，宮澤美鄉的正字標記。自從知道那是宮澤避免其他人更進一步干涉的盾牌後，看到這表情就讓廣瀨內心嘈雜。

「想事情，是昨天那個嗎？」

廣瀨站起身，靠在櫃檯旁問美鄉。雖然說有櫃檯，但這個樓層幾乎不會有一般市民前來。許多職員外出工作的現在，樓層只有三三兩兩的人。

宮澤尷尬地別開視線點頭，像在想些什麼，他玩著仔細綁成一束的長髮後，把視線拉回廣瀨身上。

「昨天謝謝你，已經有能找到那傢伙的頭緒了，我現在要出去。」

宮澤有一張溫和、家教良好的臉蛋，常常滿臉笑容嘿嘿笑著，表情也很豐富，看不出是表裡不一的人，因此才更受打擊。連看習慣之後覺得和他中性的臉龐相當合適的髮型，腦袋一開始也拒絕認同。

「這樣啊，那真是太好了。」

眼前的宮澤眼中充滿鬥志，幹勁滿滿要去追捕丟下自己離開的朋友。對此，廣瀨心裡某處控訴著羨慕與嫉妒，有種梗在心中的小刺被人逆撫的感覺。

廣瀨也搞不清楚到底是羨慕嫉妒誰。或許是和自己不同，毫不猶豫追上去的宮澤，也或許是讓宮澤如此用心的朋友。

「欸，宮澤。」

重逢第一天，廣瀨因為不知該擺出什麼態度而一直不理宮澤。

接下來見面時，宮澤明顯和廣瀨保持距離。明明知道是自作自受，但廣瀨想不到接近他的方法。面對把所有事情全部隱藏在那張假面具笑容背後的宮澤，他感覺就算伸出手也沒用而害怕。

昨天憑著衝動追上去，是因為那張面具完美地掉下來了。如果是廣瀨認識的宮澤，應該會在那個場面傻笑閃躲，他卻當面徹底拒絕對方。第一次見到宮澤認真發怒相當新鮮，廣瀨不禁看傻了。

「──那時啊，如果我在畢業前有找你說話，你覺得會有什麼不同嗎？」

宮澤一瞬間露出訝異後，迅速失去表情。去除他平常敷衍的笑容與有點過頭的表情後，冰冷美貌現身。黑色雙眼如映照黑夜般深沉，彷彿與自己是完全不同世界的人。

「這個嘛……對不起，我也不知道。那時候的我完全看不見周遭，對不起，我腦袋裡根本沒有想到廣瀨你。」

「這樣啊，我想也是。」廣瀨點點頭。結果，還是不知道當時發生什麼事，只知道宮澤被逼到走投無路。就算不知道詳情，也知道他對廣瀨露出的笑容代表敷衍以及拒絕。當時是不是該更進一步問他才對，廣瀨不停自問自答。

那時如果有伸出手，自己能夠拯救宮澤嗎？

重逢之後才理解，就連這個疑問都是傲慢。宮澤擁有廣瀨不知道的能力，理所當然活在與廣瀨不同的世界中。他感覺重新認知了自己的微不足道。

（並非「**是否能夠拯救他**」，而是我有沒有辦法留在他心中……不是為了他，我只是後悔當時沒有為了自己行動。）

心情輕易地想要欺騙自己，對恐懼、對後悔附加上合理的理由，把原因推到他人身上。

「——但是，現在可以像這樣再次和你正常對話，我很高興喔。昨天你也聽我抱怨，也讓我能好好整理腦袋了。」

和那平常敷衍的笑容不同，宮澤用真正的笑容溫柔地說道。

「撒謊，你打從一開始就決定要追上去了對吧。」

對此，廣瀨回以遮掩害臊的苦笑。想被需要才伸出手，但又害怕不被需要遭到拒絕的廣瀨，和一開始就不需任何理由打算追上去的宮澤不同。廣瀨真的只是「聽」他抱怨而已。宮澤一開始，就滿心想要去逮住那個或許欺騙利用，並丟下自己的人。

「我也是，可以再和你說話真是太好了。不好意思，把你叫住。」

廣瀨說完輕輕舉起手，宮澤點點頭後也揮揮手。宮澤離開廣瀨身邊後，拿起掛在牆邊的公務車鑰匙，在管理冊和白板上登記名字。

「那麼，我出門了。」

透露出「我就做給你看」決心的強勢表情轉過頭來，宮澤嘴角上揚。整齊束起的黑色長髮在他背後甩動。

「喔。」

簡短回答後目送他，廣瀨就這樣看著宮澤消失的方向一段時間。

狗神役使是一種蠱術。

役使用殘酷的方法化作餓鬼的犬靈，聽說古時候是用來奪取他人的財產。役使類的咒術有許多種類，但從並非借助神佛力量，也非操控狐狸鬼魂一類，從「自己創造出妖魔」這點來說，這是最為邪惡的外法之一。

把墨鏡收進軍裝外套口袋中，怜路在任其荒廢的停車場中拿好錫杖。黑暗中，野獸臭味隨著空氣飄散過來。定睛凝視上風處，可以看見狗神身上露出的妖氣如一縷煙往上飄。

「終於出現了啊，我都等到煩了。」

怜路不需要特別的「靈視」，他只要摘下墨鏡，就能毫無區別清楚看見現世與魔境的景色。他人帶著畏懼與些許侮蔑喚作「天狗眼」的這個，也是定義狩野怜路這個人的自我認同。

沒有記憶的孤兒，天狗的養子。

被自稱「天狗」的外法僧養大的怜路，從開始有記憶的那個瞬間起就是界外者。一身可疑打扮不輸給現在自己的養父時常不在身邊，在怜路推測十五、六歲時終於不再回家。旁邊的人都說他大概死在哪裡的路邊吧，怜路也如此認為。

怜路失去監護人後，保護他的人就是有類似境遇，只能賺日薪的流浪咒術師。其中就有一個役使狗神的男人。

狗神聽說在役使主死亡後，就會改為跟著他的小孩。

終生未婚的男人根本不擔心他死後的事，但某天事情出現一百八十度改變。遙遠過去曾有過關係的女性，瞞著男人生養了一個小孩。男人得知這件事後臉色大變，男人當時已經快要步向死亡了。

「嗚嗚嗚嗚」低鳴聲從廢墟暗處響起，狗神警戒著怜路。它似乎記得怜路是曾經差點消滅它的人。

狗神被製造出它的人役使，但那絕非仰慕且順從術師。從咒術方法來看也是當然，那可是把自己埋起來餓死還砍斷脖子的人。狗神在被役使的同時也想要奪走術師性命，慢慢削減術師壽命。

役使狗神的男人，在生死之際央求怜路，那是沒有任何執著，自由自在活著的男人的驚人改變。

對父親毫不知情的孩子要是被狗神跟上，那孩子馬上會被狗神吞噬，他懇求怜路在那之前把狗神封印。

想封印狗神並不容易。一旦被狗神附體，想將其從宿主的血親上剝除相當困難，聽說幾乎沒有方法。不僅原本的宿主死掉後就會立刻去找宿主的小孩，要是為了降伏狗神而傷害它，也會連帶傷害狗神附體的役使主。

上一次，怜路將狗神逼到只剩一口氣時，原本的役使者還活著。

而現在，役使狗神的男人已經死了。

「來啊，你的本體在這裡呢。」

怜路從口袋中拿出狗的骷顱頭，邊笑邊單手把玩。狗神的低鳴聲變得更大，役使狗神的術師，是拿砍下來的頭顱當咒具役使狗神。怜路手上的骷顱頭，對狗神來說是自己的本體，同時也是束縛自己的枷鎖。怜路已經下定決心，拿到本體後「重新」施展蠱術，把宿主換成自己。

狗神從廢墟暗處衝出來想要搶奪本體，黑暗中的攻防戰開始了。

怜路再次把狗頭塞進口袋，用錫杖揮開狗神。「鏘！匡啷！」重重金屬環互相敲擊的聲音響徹周遭，但也沒辦法任意用力打。現在狗神的宿主，是完全不知咒術世界的普通人。

術師用符紙將割下的狗頭包起來埋入土中，接著來回在上面踩踏一千萬次將狗神收為己用。從已逝的狗神役使者手中接過骷顱頭的怜路，準備好符紙將骷顱頭再次埋進土中。

一千萬次。只要擺在大都市的車站收票閘口下方，輕輕鬆鬆就能達到這個數字。但在巴市這種鄉下地方，而且還限定在泥土裸露的地點，就無法如此。怜路盡可能找了往來人潮多的公園偷偷埋在那邊，結果還是比預估花上更多時間，到了夏天才終於準備好。

老實說，差點要在還沒準備好時就先被狗神發現了，之所以可以矇騙春天時已經抵達縣內的狗神，全都多虧有「白太先生」的氣息當煙霧彈。

再來就剩下對這隻跳來跳去的狗神施咒了，朝飛撲而來的狗神的臉放出護法拉開距離。把錫杖插進柏油路的裂縫中，怜路再次把狗頭拿在眼前。

──他不知道怜路這個名字，也不知道為他取名的父母的臉孔。

他就在淺薄緣分中與他人互相借貸恩惠，如隨波逐流的樹枝漂來盪去地活到今天。被陌生人撿起來的這條生命，為了陌生人丟棄也沒任何怨恨。而且他也沒有讓他捨不得性命的感情深厚的對象。

不負責丟下怜路消失的養父，不知道在想什麼，竟然買下怜路的「老家」留給他。但就算知道那是自己的「老家」，對沒有任何在此生活時記憶的怜路來說，那也頂多只是「暫居之地」。原本不打算在這裡住太久。──在那個家裡生活過的「狩野怜路」早就死了。

只不過。

腦海中閃過總是仔細綁好的光澤黑髮，以及背上能窺見的珍珠白鱗片。

如果真要說有什麼遺憾，就是想再稍微和那個拋棄家族等過去的寄宿人多生活一段時間，多說一點話吧。

背負的業，懷抱的孤獨。不知過去的自己和捨棄過去的美鄉，雖然看見的景色不同，但或許頭頂上的天空相同遙遠。

「……但是啊，那個名字真的糟透了。」

回想起來就不禁失笑。白蛇精纏身的美貌青年陰陽師，明明是這般妖豔的畫面，但名字取「白太先生」也太糟了。難得美鄉本人的名字和容貌如此美豔，也稍微認真點取名字吧。

狗神低鳴窺視著正在惜別開心生活而停下動作的怜路，吐出強烈惡臭與口水直流的嘴巴露出獠牙，又長又髒的前腳爪子刨抓柏油路。

「來啊，我把我的命給你。」

怜路對狗神如此說。他的聲音，比自己想像的更加平靜。

把狗神的主人換成怜路，和掙扎想逃脫封印進自己身體裡的狗神互相消磨彼此生命。就算狗神獲勝，宿主怜路死亡後，怜路沒有下一個血親供狗神附身，狗神也是走投無路。萬一發生怜路奇蹟似獲勝就是賺到，但他毫無這等自信。

「——喂，美鄉啊。我一直很想要問你一次……詛咒的蛇是什麼味道啊？」

無法當面問出的問題，隨著白色吐息消失在夜空中。在類似的互噬競爭中獲勝的那個寄宿人，到底看到了怎樣的景色呢？

突然，背後響起沙沙腳步聲。

「怎麼可能會好吃，你是蠢蛋嗎？」

應該不可能得知答案的回答，就在怜路正後方朗聲響起。

狗神被氣勢震攝得往後退，怜路驚訝地睜大他銀綠色的眼睛。

「清潔亢陽之物，無偽亦無穢。惠請消災，惠請潔淨。神火清明，神水清明，神風清明，急急如律令！」

宛如鈴聲凜然響起，美鄉的咒語改變了空氣。

「啪！」掌聲大響。澄淨冰冷的白刃衝擊波，以同心圓狀掃蕩周邊。狗神被打飛，骯髒的身體撞上圍繞停車場的花檯，發出巨響。

「為、什……麼？」

從呆滯的怜路背後，吹來宛如月光冰冷澄清的風，撫動怜路的頭髮，吹散臭氣。

「等等美鄉！別傷害那傢伙！」

伶路慌慌張張制止。

「理由為何？」

美鄉慢慢走到伶路身邊，低聲詢問。與他身上纏繞的空氣同樣冰冷的秀麗側臉，稍微看了伶路一眼，和平常完全不同的氛圍讓伶路屏息。

「宿主也會受傷，對方是一無所知的普通人。」

「所以，你想要讓它重新附身到你身上後再解決？」

美鄉邊說邊結出不動明王羂索印，他完全沒打算鬆懈攻擊。

「沒其他方法了啊，這是我接下的委託，你別插手。」

伶路抓住美鄉的手腕，拉開他的結印低聲警告。美鄉稍微瞄了他一眼，用力揮開他的手。

「背負咒殺同伴的嫌疑，連狗神也替他承擔啊，委託你的人對你還真是重要呢……，還是說，那也是把恩情回報在陌生人身上？」

美鄉冰冷的口氣讓伶路瞬間火大，口吐不悅。

「你才沒有資格瞧不起我，這是我恩人最後的請求，就算不知道要保護誰，這也已經足夠了吧。」

制止想爭辯的伶路，美鄉往前踏一步。聲音平坦地低語：

「我沒打算否定你的生存之道，你就是用這種方法連繫緣分活到現在。但是，我也不知道那隻狗神真正主人的長相和名字。而把房子借給我住，煮麵線給我吃的人，都是你啊，怜路。」

美鄉轉頭看怜路，帶著月光靈氣的漆黑雙眼射穿怜路，怜路的身體隨之僵硬。冷淡也殘酷的「嗚神的噬蛇者」看著怜路。

「我想要在一起的，想要幫忙想要被需要的，不是連長相也不知道的對象或其他人。我不會說陌生人就隨他去死。但是啊『怜路』，也有人需要你，希望你幸福。……就像我，還有你的家人。」

一大早，美鄉抱著一起去上班的巴人偶，大幅改變事態走向。

如果美鄉的小混混山伏房東是真的「狩野怜路」，那特自災害完全掌握了他的姓名、出生年月日與出生地等全部資料。如果可以利用這些占卜出怜路的所在地，比起準備誘餌埋伏，能期待更快出現進展。而這也讓美鄉可以正大光明利用職務追捕怜路。

即使如此，占卜、作戰會議、行政手續等等全部處理完離開市公所時，已經將近傍晚。

透過占卜只能知道大致方位，以及所在地點的抽象資訊，沒辦法媲美智慧型手機的定位系統。他們找出幾個可能地點，兵分兩路從離市公所本廳最近的地點開始逐一排除。一邊是芳田領頭，另一邊以美鄉為中心對付狗神。對美鄉來說，這是大為提拔他。

希望自己抽中對的路線，美鄉邊祈禱邊選擇搜索路線。把許多事情交給美鄉的芳田，最後如此說：

「會拜託你這麼多事，不是考慮到你和他的友情。另外，我們還是不知道狩野怜路『做了什麼』。我信任你的能力，所以把現場的作戰交給你判斷。但是，關於狗神和狩野怜路該怎麼處置，你要聽從辻本和大久保的指示，知道了嗎？」

「好。」美鄉僵硬點頭。被信賴、被託付工作的責任感，與要他別參雜私情的忠告重重壓在肩頭。即使如此，他也不打算把這個職責交給其他人。

拜託辻本前輩在後方支援，麻煩神道系統擅長使用咒具的大久保前輩輔助，美鄉闖進廢棄旅館的停車場。在美鄉選擇的路線上第三個地點，白蛇發現了狗神的氣息。

他沒有打算隱藏「自己手上的王牌」。

在遠離旅館處停好車，為了不被狗神發現，所有人都施展了隱形術後才走入腹地。幸運的是周邊沒有光線，即將西下的半圓月照亮澄淨的秋日夜空。

全力把狗神逼入絕境，就算會因此傷到怜路也不打算停手，這是一開始就決定好的作戰計畫，要以讓狗神失去抵抗能力為最優先。早上簡單潔齋，雕琢自身氣息的美鄉，毫不留情攻擊狗神。

結果這隻狗神似乎不是怜路的役使，怜路臉色大變阻止美鄉，但他沒打算改變方針。

他是笨蛋嗎？美鄉察覺真相後立刻冒出這個感想。

「怜路，把那個骷髏頭交給我。」

美鄉指著怜路手上的骷髏頭說，怜路扭曲表情搖頭。

「不行，你拿走打算要做什麼。施展控制狗神咒術的人是我，現在要是把骨頭交給你破了我的咒，只會讓它跑回宿主身邊，那再糟也不過。」

只要它離開巴市，事情就結束了……當然不可能這樣發展，美鄉也很明白。

「別擔心，它沒辦法離開這邊，這裡是在大久保前輩的結界裡。」

使用切幣做出來的神式結界包圍住廢棄旅館，不需要擔心狗神逃跑。

就在他們爭執時，狗神的妖氣在花壇另一頭膨脹。

「可惡！」

怜路咋舌，它是吸取了宿主的生氣嗎？

「不可以繼續下去了，你別妨礙我！」

因靈力綻放銀色光芒的雙眼狠瞪著美鄉，美鄉也直直回看。美鄉再次想著，他是笨蛋嗎？不看重自己的生命也有個限度吧。

說是生活至今的價值觀不同也就是如此，但即使如此，美鄉也不能退讓。

「我拒絕。——我不會把你交給那種東西。」

美鄉低聲斷言。平常藏在墨鏡底下的銀綠眼嚇得瞪大，這就是美鄉的真心話。只要狗神附身在怜路身上，怜路遲早會被它啃食殆盡。美鄉不允許這種事發生。

被美鄉打飛後藏身在花壇後方的狗神，大聲吠叫狂奔而來。美鄉雙手手指交纏，這次一定要成功。

「臨兵鬥者皆陣列在前，不容任何鬆懈之束縛繩基於不動之心，承我不動明王正身本誓，發大願降此惡魔！」

美鄉施展出捕捉惡鬼的不動明王束縛繩，重重朝狗神攻擊。怜路同時也大聲念出帝釋天的真言：

「南無，三曼多勃陀喃，因陀羅耶，薩婆訶！」

「啪滋！」眼前火花四射。怜路衝出來妨礙美鄉的法術。

「你這個死腦筋！」

美鄉慌慌張張追上去，掙脫美鄉束縛繩的狗神，以怜路為目標蹬地狂奔，怜路朝狗神舉高骷髏頭，打算吟唱替換役使者的咒語。

狗神睜大嘴，口水四散朝怜路飛撲。

對此，怜路又開雙腳站著詠唱咒語。

「唵，給利訶吽，揭諦，揭卡尼耶——」

美鄉朝怜路伸出手，知道會被怜路揮開又怎樣，他才不管。如果真的想揮開他，等到活下來再把美鄉撞飛就好。同時對「伙伴」說。

（雖然完全不照計畫來，但我要強行執行！上吧！你也是我的「力量」之一……！）

就算那並非自己想要得到的力量，「那個」是美鄉為了保護「宮澤美鄉」容身之處的一個手段。

「沙沙」有個白色東西在狗神背後擾動樹梢降落，最大尺寸，進入捕食模式的白蛇抬高它的蛇頭。

狗神難以封印也難以消滅，就算抓到它，也幾乎沒有方法可以斬斷它和宿主之間的聯繫。

那麼，吃掉它就好了。

美鄉原本就打算縛綁狗神使其動彈不得後，讓白蛇吃掉它。

為了降伏狗神而傷害它，也會削減宿主的生命。因為狗神會啃食宿主的生命來復原自己。那麼就別給它這個機會，直接關進白蛇肚中這個異空間，使其在其中消滅就好。

白蛇用與其巨大身體不符的敏捷動作攻擊狗神，怜路、狗神與白蛇三者交錯。美鄉祈禱著，要趕上啊。

紅色衣物在夜色中淡淡浮現。

和怜路身影交疊的背影，是一身華麗正裝打扮的古代貴族。身邊一位同樣身穿紅色華麗花色正式禮裝的女性攙扶著他。

（巴、人偶……）

那是向美鄉求救的，狩野家的節日人偶。美鄉抓住怜路的手使盡全力往回拉，怜路腳步不穩，往美鄉身上倒下。

祝福孩子誕生，祈求孩子健康長大而贈送的節日人偶，聽說會以守護神的身分守護孩子成長，代替孩子承受災厄。禮裝女性環抱已身受重傷的正裝貴族的肩膀攙扶他。

「**這裡交給我們，你快上！**」

腦袋裡響起男性的聲音。轉過頭來的美麗貴族手中，拿著原本應該在怜路手上的骷髏頭。狗神被吸入貴族體內。

「白太先生──！」

白色大蛇張大嘴，貴族與女性的幻影消失。蛇嘴朝留下的實體──狗骷髏頭和兩個人偶逼近。

一口吞下。

白蛇相當靈巧地吞下一瞬間浮上半空的人偶和狗頭，就這樣停止動作閉上嘴巴。白蛇慢慢蠕動喉嚨，把人偶們收入肚中。美鄉攙扶著怜路見證這一切。

秋夜冰冷的空氣靜靜包圍美鄉和怜路。彷彿現在才回過神，某處傳來雲斑金蟋的叫聲。

半圓月慢慢朝樹木的那端下降，周邊漸漸陷入黑暗。

開始被染上全黑的視野正前方，白色大蛇閃閃發亮。健壯的軍裝外套肩膀在美鄉懷中顫動。

「這…………」

怜路小小出聲。

嗯？就在美鄉挑眉之時，他身邊發出巨大的哀號。

「這是怎麼一回事啊啊啊啊啊！怎麼可以這樣！」

直衝腦門的大音量讓美鄉摀住耳朵，從美鄉懷中解脫的怜路全身無力雙手搭在大腿上。這個反應真是出乎意料外，美鄉皺起細眉。

「有什麼問題嗎？」

大致都如作戰計畫進行。只不過，美鄉沒想到巴人偶會跟著一起來。詭異的沉默在兩人間流竄，LED燈光劃破黑暗照射過來。

「宮澤！怎樣啦——嗚哇！這還真是大隻啊……！」

大概發現狗神的妖氣消失了吧。辻本拿著手電筒跑到兩人身邊，燈光照到還在正前方消化點心的白蛇時發出讚嘆聲。美鄉偷偷在心裡佩服，他還真是位不為所動的人耶。

「……那麼，他是？」

辻本相當擔心地看著慢慢蹲下身抱著頭的怜路，「嗯～」美鄉也歪過頭，他自認為已經避免造成太大的傷害了耶。在迷惘著不知該如何回答的美鄉腳邊，怜路用世上難見的不中用聲音哀嘆。

「不是啦……我一直知道有那隻寵物喔……？也知道白太先生超強的喔……，但再怎麼說，那都太犯規了吧吧吧吧吧！」

看著怜路哭訴「那我幹嘛這麼辛苦啦」，辻本「啊哈哈哈哈」大爆笑起來。

「我才不理你。」美鄉有點生氣地抬頭看天空。似乎已經完全把狗神納入腹中的白蛇，漸漸縮小回到美鄉身邊。

月落後萬里無雲的天空，眾多星星閃耀。在遠離街區沒有光源之處看見的夜空，被大小無數的星星覆蓋。

天空又高又遠，伸長手也無法碰到星星。

（但是，我的地面就在此。）

美鄉現在站在此處這件事，肯定不是什麼命運也沒有太大的意義吧。

在身邊全身無力的朋友，笑看著朋友的前輩，與他們之間的邂逅，肯定也不存在著為此準備的盛大「理由」。

（但是，正因為如此。）

在幾千幾萬可能性當中「偶然」得到的關係，他想要感謝這個邂逅並守護下去。

星空遙遠，地面昏暗。美鄉站在現世與黑暗的夾縫中，即使如此，夜晚過後理所當然會迎接黎明。去上班，遇到麻煩，煩惱，歡笑，偶爾碰到開心的事情。吃飯睡覺，持續度過每一天。

沒有永恆不變之物，發生的事情也沒有巨大意義。

美鄉今後，肯定也會吃力地跨越這樣的每一天吧。

「怜路，回家吧，回我們的家。」

「那是我家，你這個欠租寄宿人。」聽見房東不甘心地小聲抱怨，美鄉呵呵失笑。

——《陰陽師與天狗眼——巴市公所妖怪事故專責小組——》完

9

番外篇之在那之後

我的房東是個愛吃柿子的房東

「說到秋天，你會想到什麼啊，美鄉。」

週末午後，除了家事沒其他事情可做，美鄉在自己房裡單手拿著文庫書籍度過時，跑來他房間的房東沒頭沒腦問了這句話。

「呃……楓葉？幹嘛突然問這個。」

從《御伽草子》對譯本中抬起頭，美鄉皺緊眉頭。仔細一看，房東這位小混混山伏閣下，身穿和平時有點不同感覺的服裝。他平常就是所謂的街頭打扮，放蕩不羈感覺很花錢的裝扮，今天有點樸素，具體來說就是尺寸合身，剪裁清爽。有種不好的預感。

「很遺憾，答案是NO。說到秋天！就是柿子！」

猴蟹大戰？美鄉反射性出現這個想法，是因為他正在讀古時候的故事嗎？

「理由是？」雖然秋天是收穫季節，但美鄉不明瞭刻意限定柿子的理由。

「因為我們家後面就有！」

確實就和其他鄉下的古老農家相同，這個家後方的柿子樹上橘紅果實纍纍。連回應所以又怎樣都覺得愚蠢……會這樣想，是因為房東手上不是拿著工作道具的錫杖，而是修剪樹枝用的大剪刀。也就是要他幫忙收成吧，房東閣下的裝扮也就是所謂的「農作服」。

「……你喜歡吃柿子嗎？話說回來，那是澀柿子吧？」

美鄉不甘願地闔上書，重新坐好身體。知道只是無謂的抵抗還是提問，房東上半身往後仰回答。

「就是，我很喜歡吃柿餅！」

要自己做啊。哎呀，這男人能做得出來吧。狩野怜路，二十四歲（前一陣子終於確定了），職業是小混混山伏兼鐵板燒小哥，其實是登山專家，感覺不管發生什麼事情他都有辦法透過採集狩獵自給自足生活，野外求生能力超高。

「你一個人也有辦法採收吧……我要幹嘛？」

「那棵樹不只高，還長在沒什麼立足點的地方啊。我爬上去把有果實的樹枝剪下來，你在下面替我接。」

「什麼……」果然就是猴蟹大戰，他該不會拿柿子打人吧。——不對，只是自己沒有自信能好好接住。

「房租。」

就在不太想答應時，沉重的兩個字從天而降。

「我最近沒有欠繳！」

「等你把下個月的房租也先付清了，再跟我說你沒有欠繳。」

不管怎樣都沒辦法多繳一個月，無法反駁的美鄉不情願地起身。

狩野家後方有個幾乎全變成雜草叢的小庭院，還有從後面山上引水下來的池子。後院後方緊鄰山壁，斜坡上種著柿子樹等庭園樹木。沒什麼修剪，枝葉自由生長的柿子樹很高，加上種在斜坡上，帶果實的樹枝離地面很遠。

到底該站在哪裡接果實才好啊，美鄉邊在意不安穩的腳下，邊抬頭看柿子樹。靈巧攀上粗壯樹枝的怜路，拿樹剪朝果實伸過去。

「沒人跟你說柿子樹枝很容易折斷，爬上去很危險嗎？」

「那是容易縱向裂開啦，爬樹需要一點技巧。喂，我要剪斷了喔。」

才說完，響起細枝斷掉的「啪嚓」聲。但剪斷的樹枝沒有往下掉，反而勾在剪刀上。這似乎是剪斷的同時可以抓住剪斷樹枝的樹剪，這是去哪買的啊。

「喂，接好。」怜路把剪刀移到美鄉上方，接著鬆開。美鄉拚命接住落下的橙色果實，沉重的紡錘狀柿子確實收在兩手中。大概是找要晒成柿餅的果實吧，還沒完全成熟。話說回來，要是丟下熟透的果實只會發生爛成一團的悲劇。

「接得好，下一個。」

邊制止要不停丟果實的怜路，美鄉把折斷樹枝的柿子放進塑膠袋內。蒂頭上方只留下T字型的小樹枝，聽說把柿子綁上繩子時要用。

怜路真的相當熟練地操作剪刀收成柿子，他的模樣看起來相當開心，但也希望他替不停抬頭的人著想。脖子開始痠痛的美鄉大聲抗議：

「欸～你也差不多該停止了吧，我脖子好痛也好累。」

收成其實是相當開心的工作，那個「採果」行為的樂趣無法用道理解釋，但是，只是在下面接果實的人已經差不多厭倦了。

「什麼？還有這麼多果實耶。」

「可以了啦，有這麼多已經夠了吧。只有你一個人吃耶。」

已經裝滿兩個超市塑膠袋了，討厭甜食的美鄉又不吃。

「笨蛋，柿餅只要冷凍就可以保存很久，我不管多少都吃得下！」

怜路超級愛吃甜食。而且這麼大量的柿子，到底是誰要剝皮綁繩吊起來啊？果然也要美鄉幫忙吧。美鄉一次最多也只能吃一個，他滿心感到不公平。說是懲罰他遲交房租也沒話講，但也不可能因為這種小事免收一個月的房租。

「……喔，一臉鬧彆扭的表情，你也要爬上來嗎？」

美鄉明顯擺出無趣表情後，怜路咧嘴笑著拍拍身邊的樹幹。兩個人爬上去也沒問題嗎？兩個人都在樹上就沒有人接果實了。雖然想了許多，但美鄉無言地把雙手搭上樹幹。

邊聽從怜路仔細指示要抓哪條樹枝，要踩哪邊爬上柿子樹。雖然說樹高，但樹幹大概高二點五公尺而已，只要有兩處樹幹的突起和樹枝可供踩踏，就能跨坐在大樹枝中間。

「哎呀，你比我想像的還輕巧就爬上來了呢。」

「非常感謝你的指導。」

兩人並坐在樹上的狹小空間，俯視主屋的屋頂以及房子另一頭遼闊的田園景色。太陽不知何時已經西下，很難看清逆光的樹枝。染紅的樹葉以及掛著渾圓果實的樹枝作為畫框，描繪出梯田與石州瓦民家的悠閒世界。

「已經看不到柿子了嘛。」

雖然接過樹剪，但在射進眼中的夕陽阻礙下看不見果實的位置。瞇起眼睛數次想瞄準有果實的小樹枝，但連邊也沒碰到，美鄉早早就放棄了。

「我有戴墨鏡完全不礙事。」

明明不是深色墨鏡，從美鄉手中拿回樹剪的伶路巧妙地剪斷小樹枝給美鄉看，接著避免果實受損往草叢裡丟後，伶路得意地笑了。

「……你這是晚上要剝皮？」

「當然。」

「到底是有幾個啦……」

「要是沒這個量，吊起來也太無趣了吧。」

標準鄉下人家之秋。這量多到感覺吊在屋簷下的柿子都可以組成門簾了耶。

「還真虧你有辦法吃下這種甜膩的東西耶。」

柿餅就只有甜膩可言。美鄉基本上不愛所有甜食，特別討厭柿餅、紅豆餡這類沒有鹹味沒有酸苦也沒有油脂，就只有甜味的東西。他很喜歡和菓子那份優美，真是太可惜了。

「混帳傢伙，甜食可是很美味的。不，不太對……是『好吃的東西都是甜的』啦。人類的身體會對所需的東西感到甜美，所以甜食等於美味且正確。」

還真是個重度甜食原理主義者。見美鄉用帶著反駁且狐疑的眼神說「什麼啊～」，怜路挺胸說著：

「不容反駁，無法理解甜食正義的你修行還不夠。你試著入山走超過十天沒有正常的飲食試試看，入口的所有東西都是甜的。」

怜路深有感觸說著「嗯嗯，連草根都是甜的呢。」無法反駁的美鄉沉默。這似乎不是指他甜食之路的修行，而是真正山伏修行的成果。那是不曾經歷過極限飢餓的美鄉不懂的世界。

「而且啊，柿餅只要好好搭配鹹食，就很下酒呢。我做給你吃，你就手腳俐落點幫忙吧。」

把樹剪可及範圍內的柿子都收成後，怜路輕巧跳下樹。根本無法模仿的美鄉只能攀著樹幹努力落地。雖然不是被下酒菜吸引，但他決定默默聽從伶路。

自從前幾天被迫幫忙剝栗子以來，他感覺最近似乎很常出現這種模式，當然他也品嘗了美味的栗子飯。

「栗子、柿子之後，你難不成要上山去找松茸之類的嗎？」

對這男人來說，採菇類根本小事一樁吧。

「啊～時間也差不多了，下次下雨過後就上山看看吧。就算沒有松茸，應該也有其他菇類。」雖然受到嚴重蟲害，但這一帶山林還是留有些許赤松林，通勤路上也有看見買賣松茸的小市集。

「我可以跟去嗎？」

「可以啊，但你可別採毒菇回來啊。」

提著塑膠袋走進家裡，感覺就要這樣直接煮晚飯了。

「我完全不懂所以請你判斷。」

「感覺你就會採一大堆毒菇。」

踩了多說一句話的房東一腳後逃跑，聽著背後不溫不火的怒吼聲，美鄉從後門跑進主屋。

——番外篇之在那之後〈我的房東是個愛吃柿子的房東〉完

10

番外篇之怜路的過往
亡靈之家

狩野伶路是個人經營的事業主。

只不過，不是偵探不是古董店，也不是殺手。

只是一介「祈禱師」。

「唵，給利給利，縛日羅，吽，發吒！」

結印張設結界，把房間與外界切分。在古舊只有和室一房的公寓內，有半坪左右的壁櫥。黑色門框加上燒得焦黃的門紙，從半開的紙拉門後方，流出什麼黏稠的東西。

焦油般的黏液，在同樣被燒得焦黃的榻榻米上爬行擴展到整個房間。同時，惡臭包圍伶路。

那是哺乳類動物內臟腐敗的氣味。

和水生動物又不同的腐臭味，不是攻擊理智或表面感情，而是刨刮更深處帶來的厭惡感，同時也是為了正確生存下去的警鐘。

「臨兵鬥者皆陣列在前——」

豎起食指與中指擺出刀印，劃出四縱五橫的九字切。發出腐臭味的焦油被消滅，結界中的空間被清潔乾淨。但焦油源頭的壁櫥中，還留有強烈的邪氣。怜路維持右手的刀印，穿著鞋子站在壁櫥前。摘下淡色墨鏡，左手靜靜勾住紙拉門。高筒籃球鞋「唰」的一聲在榻榻米上留下泥土。

用力拉開拉門，昏暗的壁櫥上層深處，有一團更深沉的黑暗。黑暗「碰」的一聲朝怜路伸出觸手，怜路用刀印切斷。

綻放異於日本人虹彩的銀綠色雙眼一閃，怜路咧嘴揚起嘴角。

「南無，三曼多勃陀喃，因陀羅耶，薩婆訶。」

從帽T口袋中拿出獨鈷杵朝黑暗深處打進去。

紫光迸射，黑暗被燃燒殆盡。在其後方的是個用布包起來，長約一公尺的棒狀物。怜路毫不躊躇地抓起那個，金屬小幅度躁動的「喀嚓喀嚓」聲開始從布裡傳出，這是刀刃打在刀鞘上的聲音。

同時，不知是男是女的尖銳叫聲從怜路手上的棒狀物——日本刀上響起。眼前升起火焰，化作人形想要攻擊怜路。

「——碎。」

怜路抓住日本刀兩端，大腿用力往上一頂，「鏘」的一個鈍聲，日本刀被折成兩半，響起不成聲的死前最後慘叫。

「很好，結束。」

伶路把仍包在布中，已經被折斷的日本刀丟在地板上，重新戴好墨鏡。用手梳整漂白成金色的頭髮時，銀色耳環在他耳邊晃動。撿起壁櫥裡的獨鈷杵重新塞回帽T口袋中。

那把日本刀的持有者不是伶路。他也不知道那把刀有何緣由，有多少價值。順帶一提，連為什麼會被那種東西附身也沒興趣。

因為伶路不是偵探不是古董商，也不是殺手。

只是一介「祈禱師」。

「喔喔，小伶辛苦你辛苦你啦。」

建於狹小站前路上，只有三層高的建築。伶路推開位於一樓的房仲玻璃門，坐在裡頭辦公桌後方，頭頂毛髮稀疏的男人親切揮手。

「你好。」伶路稍微舉手，熟門熟路地在櫃檯旁的椅子上坐下。男人從裡面走出來再次口頭慰勞伶路。

「真不愧是小伶，工作效率超高。」

「謝啦，我把元凶丟在那個房間裡了。好像是吸收了怨念的日本刀……我把它折成兩半，應該已經沒價值了。」

怜路一手靠在椅背上，以雙腳大開的高傲姿勢回答房仲的男人。用髮蠟抓得尖挺的金髮，淡色墨鏡，穿有大LOGO的帽T，把工作褲穿在低腰位置，不滿二十五歲卻態度高傲的樣子，旁人來看只覺得有黑道小嘍囉來找碴。

「啊，真的有啊。我是有聽說是把很貴的刀啦。」

「髒到那種噁心程度，是貴是便宜都無所謂了啦。房間也沾上不少髒東西，我建議你起碼要把榻榻米和紙門換掉。然後找人清掃後請神主來一下。」

祈禱師狩野怜路這次接下的委託，是處理其中一間房在幾年前成為凶宅後，不停發生狀況導致完全沒有租客的公寓。源頭就是潛藏在變成凶宅——也就是出現死者那間房壁櫥裡的古老日本刀。

在租金超便宜，這價錢竟然可以租到獨立衛浴的驚人「超便宜公寓」中出現高價日本刀時，從過去的經驗就能察覺有什麼麻煩事了。但是，只要得到除魔所需的資訊，怜路對其他細節沒有興趣。

「喔喔，我知道了。但是啊小怜，這附近沒神社，沒有神主可以拜託啊。可以拜託你嗎？我會支付追加費用啦。」

「啊～歹勢，那方面我不熟啦。去拜託其他地方的神社也可以，找誰幫忙吧。」

果斷拒絕追加的委託後，怜路從工作褲的屁股口袋中拿出長夾，繫在皮帶上的皮夾鍊鏘鏘啷作響。他從皮夾拿出隨意折起來的Ａ４複寫紙，打開紙張遞給房仲的男人。

「所以說，工作結束。幫我簽名和蓋章。」

雖然這副打扮，狩野怜路意外地很認真做文件。報價單、合約、完成報告書兼請款單、收據。原本打算繼續拜託的男人，看見怜路的表情後只好放棄嘆氣，心不甘情不願地接過文件。

「……真拿你沒辦法，那麼，我拜託你別的工作吧。」

將能處理凶宅的怜路視為珍寶的男人說完後簽名，蓋下公司章。

「呃，真假啊。還真是會替我找錢途啊。」

怜路厭煩地扭曲嘴角，接下男人遞回來的兩張一組的複寫紙。確認文件內容後，把副本遞給男人，也就是房仲公司的老闆。

「多虧有你，這類工作常常送到我這來啦。那就拜託你啦。」

老闆咧嘴一笑，輕鬆拍拍怜路的手。對此，怜路不滿地喊著「啊──」再次把隨意亂折的文件塞回皮夾後重新坐好。這間房仲公司是怜路很貴重的客戶。

雖然知道不能點火，怜路還是拿出一根菸把玩。旁邊的員工也把這幾個月來已經完全看慣的罕見顧客當空氣對待。

這裡是廣島縣巴市，人口不到六萬人，自稱縣北中心都市的悠閒鄉下城鎮。

用他。
怜路從東京搬過來還不到半年，身為少數的「真正靈能者」，這裡的老闆相當重用他。

「巴市想要招商大型連鎖飯店，在有酒莊、美術館那一帶後面建設住宿觀光設施，但聽說有塊土地怎樣都沒辦法買下來。聽說四、五十年前那個家沒人住之後，那棟房子也垮了……」

那棟房子最後的居民沒有在生前處理好土地繼承手續，所以沒辦法收購。這類事情屢見不鮮。沒什麼價值的鄉下土地也不太會出現爭產問題，所以常見就這樣忘了更改不動產權登記，任憑時光流逝的事情。到此還不是怜路的工作，問題在於其理由。

「以土地繼承權來說，如果應該繼承土地的人死掉，就會由他的妻子或是小孩來繼承……但總之就是，擁有繼承權的人會消失不見。」

「……消失不見？」

整個身體靠在椅背上，邊把玩香菸邊聽的怜路挑起單眉。

「沒錯，一個接一個蒸發消失。前一個繼承者消失後，下一個繼承者的樣子會變得很奇怪，接著也會在幾年內消失。不停重複這種事。」

「這樣啊……追著繼承者跑的怨靈啊，還真是聰明呢。」

怜路輕輕聳肩，揚起嘴角。

「就是說啊，但這部分我也不清楚啦，現在有繼承權的人住在九州。打電話過去也得到『那塊土地不能賣，要是去碰那塊土地就會死』的回答，聽說是有什麼在作祟，所以我就把你介紹過去了。業者也為了確認已經買下來的土地，去那附近走了好幾回，聽說那邊太暗了什麼也看不見。」

說完後，老闆把印出來的地圖和資料放在櫃檯上。

「繼承人也說想要和你見面，你就打這個號碼跟她聯絡，拜託你啦。」

接過寫著女性名字的名片，怜路傻眼嘆氣。

「在跟我說之前老早就敲定了嘛。」

「唉呦又沒有關係，反正你沒其他工作啊，對吧？」

老闆爽快大笑，怜路仰頭看天花板。

狩野怜路是祈禱師。既不是偵探，也不是建築師或古董商。對別人家裡悲慘的過去沒興趣，對有什麼背景的屋子或古物也沒感情。但只要做祈禱師的工作，就會頻繁遇到這類事情。

「今天感謝妳特地前來，約妳到這種地方很不好意思，因為我沒有常去的時髦咖啡廳那類的。」

大方坐在家庭餐廳沙發上的怜路，隨意揮動右手迎接等待的對象。
「你好……初次見面。」
看上去三十多歲的女性低頭一鞠躬，這位女性就是現在擁有那塊土地繼承權的人。身穿深藍針織上衣，外面披著米色長開襟衫，綁成一束的頭髮用米色髮夾固定。看不出來有被什麼髒東西纏上。
「我會替妳出從博多來這的新幹線車票，待會在市內吃些好吃的東西再回去吧。我不會耽誤妳太多時間。」
怜路邊說邊請她在對面的沙發上坐下。地點不是巴市，而是在廣島車站附近的家庭餐廳。特定請住在福岡的她前來，巴市的位置太靠近深山了，所以怜路來到廣島迎接她。
「不，是我想要來拜訪的，我不能收下新幹線的車資。」
女性斷然拒絕，她有點緊張表情僵硬。原本怜路打算到福岡去，但女性提出自己過來的要求。怜路說著「這樣啊」輕鬆帶過，接著問：「總之先點飲料吧可以嗎？」後按下服務鈴。
「總之，先把事情說給我聽吧，妳所知的範圍就好。……啊，對了。重新自我介紹，我叫狩野怜路。也就是所謂的祈禱師，是想要購買妳有繼承權的巴市那塊土地的房仲委託我來的。」

怜路這才想起來，從皮夾中拿出名片。因為沒有了不起的職稱，名片只簡單寫著名字和聯絡方法。

「——那塊土地絕對不可以賣。」

稍微閒話家常後，這位女性——今田利香如此低語。

「這樣啊，是為什麼？」

「因為房子的『主人』現在還留在那裡。」

「『主人』是指最後住在那棟房子的女人嗎？」

聽說那塊土地上，還有現在實際已不存在的「鬼屋」。房子最後的居民，是嫁進那戶人家的女人。

怜路把從房仲那聽來的事情說出來，利香不停點頭。真不愧是長時間與當地人士往來的業者，那個老闆連久遠以前的恩怨也相當清楚。

丈夫早逝後，女人忍受關係不合的公婆苛刻對待，她在公婆過世後把小姑等親屬全部趕出家裡。女人有孩子，但沒聽說那個孩子工作、結婚的事情，結果那個家的嫡系血脈就這樣斷了。

現在擁有土地繼承權的利香，是被趕出那個家的人的遠親。留在那個家到最後的女人死後，那個家的近親如同跟隨繼承權一般，親戚們紛紛遭遇不幸。在這之前的所有繼承者，全部因為事故或災害等各種形式「失蹤」了。

接著，繼承權就來到了連這塊土地也沒見過的遠親利香手上。

「得到繼承權的人絕對都會作相同的夢。獨自一人在深夜走進一棟很古老的廢屋裡的夢……」

大概是那塊土地上的房子吧，是女人在晚上透過夢境呼喚嗎？利香低著頭說話，怜路故意問她：

「所以？妳也作了那個夢嗎？」

彷彿畏懼著回想起的光景，利香表情染上陰霾點點頭。

「夢到了。連那在什麼地點，該怎麼去全都能清楚回想起來。我在網路上看地圖後，也真的有我認為是那裡的地方……」

「喂喂喂，妳這一次該不會想要到當地去吧？」

利香用不是看著眼前，而是看著完全不同地方的空虛眼神開始說話，怜路慌慌張張制止她。看來她是被那個「房子」拉到廣島來的，要是就這樣讓利香離開，明天她就會成為下一個失蹤者了。

「啊！」利香彷彿從夢中驚醒，接著全身僵硬。

「現在網路上可以看到空拍地圖和當地的街景照，我想妳應該知道那個地方已經沒有房子了。我上週也去看過，只有雜草叢生的荒地。」

怜路見利香前，已經去當地確認過了。雖然是靠深山的寂寥之地，但在巴市──更正確來說，在這人口過少的地區，四處可見這類空地。大概因為在白天前往，也沒感受到什麼特別的東西。

怜路好言相勸，但利香露出有點不服氣的表情。

「既然我接下這個案子，我就要妳照我的指示行動。妳今天趁天還亮著趕快回福岡，我會看著妳上車到車子開走。聽見了嗎？我現在替妳準備驅除惡夢的符紙和結魂用的繩子讓妳不會再作那個夢，剩下的就邊移動邊說，走吧。」

利香長途移動來到這裡，如果想要盡可能讓她在白天離開廣島，所剩時間不多。

怜路不擅長製作靈符和咒具這類東西，這只能撐過一時，得要盡早解決事情才行。

催促著利香離開餐廳，怜路開始計算購買咒具的順序。

怜路住的房子，在距離巴市街區二十分鐘車程的深山裡。那原是當地村長的宅邸，占地廣闊，怜路一個人住起來太寬敞了，所以幾乎所有房間都空著沒用。

那是棟閒置了十幾年的房子，衛浴和廚房整建完善，也把圍爐裏設備拆掉鋪上榻榻米，弄好天花板。起居室，以及原為灶腳的土間一部分也改裝成鋪設木地板的廚房，伶路只在這兩個房間生活。主屋其他還有複數客房、儲藏室等許多房間，再加上別屋、土藏倉庫、倉庫等等的，全部被水泥土牆包圍著。

在原本有圍爐裏設備的四坪起居室裡，伶路躺在小茶几旁常年不收的被褥上，邊看液晶畫面邊抽菸。房內燈火已滅，伶路從散亂在被褥旁的漫畫雜誌以及空寶特瓶間找出菸灰缸。

要是邊睡邊抽菸引發火災，肯定一轉眼就會變成巨大營火。這就是如此古老的木造建築。伶路身旁有堆積如山的漫畫週刊雜誌，也不缺助燃物。不過住在這個家差不多要半年了，老是這樣做也沒發生火災，所以應該沒問題吧，伶路根本不當一回事。

腹地正面有擺設枯山水與假山的庭院，被別屋和土藏倉庫包圍的中庭也種有庭園樹木。房子後方有山，後院和中庭都有引入山泉水的水池。

老實說，伶路不知該如何對待這寬敞過頭的房子。隨著氣溫上升，正式開始欣欣向榮的庭院雜草，要一個人全部除好可不是簡單的事情，完全放棄不管的後院和中庭慘不忍睹。這個家被喚作鬼屋也無法回嘴。

稍微看了電腦上的時間，已經是新的一天了。身為夜貓子的伶路還不太想睡，但也膩了隨意上網便關上電腦。把香菸捻熄在滿出來的菸灰缸中，喝了一口枕邊早已不冰的瓶裝可樂。

「咚咚、咚咚」敲擊後院木門的聲音傳來。

怜路不理會，鑽進被窩中。

「嘎嘎嘎、嘎嘎嘎」接著換成了刨抓的聲音。

閉上眼睛忍耐一段時間後，怜路心情超惡劣地起身。

「幹！吵死人了！」

怜路穿著寬鬆的運動套裝，抓起立在房間角落，和身高差不多的錫杖，粗暴拉開毛玻璃拉門，踩響面對後院的走廊地板。因為太暗而點亮的白熾燈泡搖晃。有什麼東西從外側刨抓著遮掩木框玻璃門的老舊遮雨門。

一手拿著錫杖，打開螺栓式的門鎖。

錫杖就是頂部裝飾上有許多金屬環，僧侶使用的法杖。雖然一身小混混打扮，但怜路也算是「修驗者」這個山岳修行僧的小輩。他們所使用的道具全部都被稱為「法具」。

聽見拉開玻璃門的聲音，外頭停止吵鬧。

這真的是又吵又麻煩。

拉開玻璃門，怜路反手拿高錫杖。金屬環「鏘啷」敲響，錫杖頭部的裝飾品尖端發光。怜路勾住遮雨門的門把，抿緊嘴唇一口氣拉開門。

「**呸啊～**」

巨臉占據整個門板吐出舌頭，外凸的眼珠分別看著不同方向忙碌轉動。雜亂鬍鬚的臉，巨大尖牙相當恐怖。但靠這行賺錢的伶路根本不怕這種東西。

「你這張臉讓人有夠火大。」

說完後，伶路把錫杖往其中一隻眼刺去。

「呀啊啊啊啊！」

「別吵！既然都跑來這裡了，也該知道至少會遇到這種事吧！」

聽見妖怪刻意的慘叫聲，伶路憤怒地朝巨臉的鼻子一踢。被踢飛的巨臉消失在黑暗中，取而代之響起愉悅的咯咯笑聲。對方是從山上跑下來「玩耍」的妖怪。

這已是家常便飯。這棟房子地理位置上很容易吸引妖怪聚集，加上閒置一段時間沒有好好管理，累積不少陰氣，也更容易吸引妖怪前來。

多少有做驅魔措施，但伶路基本上採取揮舞錫杖打倒眼前對手的作戰方法，他不擅長結界這類需要持久力，縝密且繁複的法術。

「南無，三曼多，縛日羅南，撼！」

隨意用法術燃起火焰燒掉雜草叢生的後院嚇唬妖怪，伶路用力關上門。隨意搔亂洗完澡後有點扁塌的金髮，伶路全身無力地回房。

就算再怎麼夜貓子，每天深夜都有客人上門也讓人招架不住。

明天再重貼持續效果不太好的符紙吧，伶路嘆了一口氣。

一臺普通小客車開在綿延的休耕田間，勉強供一輛車行駛的小路上。兩旁茂盛的雜草打在金屬綠的車體上，散落汁液。黃昏時分，溼度漸增的夜晚空氣中，充滿山林的綠意以及花香。

道路邊緣徹底被雜草侵蝕的柏油路終點，是被自由生長的庭園樹木和雜草埋沒的空地。看不出有人定期來整理，只是默默逐步歸還山林的寂寥地點。在高過怜路的茅草雜草叢中，四處有逕自發芽的幼苗伸長枝葉。

把車停在柏油路上，怜路走出駕駛座點菸。

靠在車門上吸進滿胸煙霧再一口氣全吐出，白煙輕飄飄地朝殘留昏暗金黃色的山邊天空流逝。

「那麼那麼，今晚會出現嗎？」

怜路咬著濾嘴咧嘴一笑，淡色墨鏡上倒映著濃郁的葉影陰暗。

問題的「鬼屋」在他白天來時完全不顯露任何氣息。那麼晚上又如何呢？所以他才會現在來。如果狀況允許，白天對付這類對象比較好，他也不想特地在陰氣變濃，敵人力量增加，對自己不利的時段應對。

打開倚靠的車門，把抽到已經接近濾嘴的香菸捻熄在菸灰缸裡。從後座拿出一整套工作道具，姑且鎖上車門。在杳無人煙的地點，昏暗的警示燈寂寥閃爍。

這條路的入口處，又舊又髒的「通學路，請注意突然衝出道路者」的標誌傾倒。是這裡仍是「聚落」時留下來的痕跡。

把多口袋的腰包綁上腰際，把錫杖扛上肩。

「真希望一晚就能三兩下解決掉啊。」

獸道在後方有山脈圍繞，雜草與庭園樹木鬱鬱蒼蒼的空間中綿延，這附近是鹿、野豬、狸貓及狐狸等山上野生動物闊步而行的地方。周遭休耕的田地與被遺忘的水路裡，青蛙也開始「嘓嘓」唱起情歌。

太陽一隱身在山脈後方，周邊瞬間變暗。在不知何時已失去色彩的淡淡昏暗中，只要稍有閃神，景色的輪廓就融於汪洋般的黑暗中。

被時代遺忘的警示燈，閃爍昏暗螢光。

被燈光吸引的飛蛾，劃過怜路眼前飛舞。怜路反射性背過身去隨手打掉。伴隨確實打到東西的手感，小小的飛蛾掉到腳邊，怜路「哎呀哎呀」地拉回視線。

「出現了啊。」

咧嘴笑著揚起嘴角。從茂盛的茅草那頭，逐漸浮現鋪蓋上茅草屋頂的古農家剪影，就是傳說中的「鬼屋」。那麼就上了吧，正當怜路想要跨出腳步時，道路的昏暗讓他皺起臉來。

「可惡，這也太暗了吧。那東西超土的我很不想用耶。」

怜路邊抱怨邊再次鑽進車裡，拿出有頭燈的安全帽，就是洞窟探險隊會戴的那種。好不容易用髮蠟抓出堅挺的金髮被壓進安全帽中，怜路邊抱怨邊按下頭燈開關。

原本美國休閒風的打扮，一戴上安全帽後立刻變成工地裡的不良少年。怜路也有自覺，反正這裡也沒有「人類」會看見。

重新振作精神的怜路，走進獸道朝「鬼屋」前進。

門板傾倒的玄關前方，有個三坪左右的土間。

更裡頭的起居室入口裝設了單面毛玻璃的拉門，在怜路的頭燈照射下，毛玻璃上浮現櫻花紋樣。

這個房子已不存在於現世中。

早在四十年前已成空屋，十幾年前被拆除了。

把傾倒動不了的門板拆下來丟到庭院去，怜路踏入土間。

周圍的聲響瞬間消失。

在安靜到讓耳朵疼痛的寧靜中，細小的「咯吱、咯吱」聲從裡頭傳出來。怜路打著錫杖，壓抑自己的氣息往前走。聲音是從單面毛玻璃拉門那頭傳出來的。

不停在誘惑人啊。怜路瞪著拉門。

穿著鞋子直接踩上比榻榻米房間矮上一階的木板臺階，滿是灰塵的木板嘎吱作響。手放在拉門上稍微用力，門伴隨著「匡啷」巨響打開。

怜路的頭燈照亮堆滿灰塵的褪色空間。

房間鋪著木質地板，前方可看見圍爐裏設備，順著鉤子抬頭往上看，粗壯的橫梁在黑暗中現身。追著些微的摩擦聲往旁邊看，只見橫梁上綁著粗繩。

「咯吱、咯吱」粗繩搖晃發出摩擦聲。

有個藍白之物隨著聲音搖擺。

是臉。

亂七八糟遮住耳朵的瀏海貼在臉頰上。

睜大的混濁眼白看著怜路。

液體從張大的嘴巴滴下來。

那是身穿羊毛和服的女人。

鬆弛的四肢無力垂放，遠離地板慢慢地、慢慢地左右擺動。

轉。混濁的眼睛彷彿發出聲音般轉動。

一對無底深淵瞪著怜路。

「**啊啊——……唔……**」

慘白嘴唇蠕動，被勒緊的脖子發出奇怪聲音。

彷彿受到召喚，怜路背後響起重重交疊，幾乎要消失的「喀擦、喀擦」聲，逐步靠近。怜路沒有從深淵離開視線，丹田用力。

「唵，給利給利縛日羅縛吉利，普拉曼多曼多，吽發吒。」

「鏘啷！」敲響金屬環的錫杖石突打在地板上，石突尖端刺進地板縫隙中。背後的聲音停止，但如蟲子群聚般的氣息沒有消失。

「南無，三曼多，縛日羅南，撼！」

結出不動明王根本印，詠唱咒語。

瞬間，不動明王的白色火焰以怜路為中心在地板上蔓延，圍繞在背後的微小氣息像是畏懼擴散的火焰而遠離。

即使被地板上延燒的白色火焰燒灼，上吊的女人仍瞪著怜路。逐漸爬上襪子的火焰，沿著和服衣襬往上爬。無力垂放的手腳沒有動作。黑色液體從無法動彈的嘴邊，拉出細絲一滴一滴往下滴。火焰終於爬上黑髮，女人沒有任何抵抗被火焰包圍。

「啪噹。」

粗繩被燒斷，女人隨著沉重潮溼的聲音落地。

怜路站在插在地板上的錫杖前結著手印，一動也不動觀察狀況。感覺尚未結束。

頭髮和肉體的焦臭味刺激鼻腔。

火焰中，黑色團塊緩慢蠕動。

「喀噠喀噠喀噠喀噠喀噠。」

別說門別說地板別說柱子，整個房子就像要轉身般開始搖晃。「碰！碰！」

彷彿有巨大手掌拍打地板和牆壁，四面八方響起巨響。

「……也就是說，妳這傢伙不是本體啊。」

「嘖！」

怜路用力咋舌後，解開手印拉下墨鏡。世界瞬間大幅扭曲。牆壁、地板全部消失，取而代之全黑的空間包圍怜路。

怜路的銀綠雙眼被稱為「天狗眼」。

可以看穿妖魔操控的幻術，可以看穿隱藏之物的眼睛。但老實說，怜路這雙天生擁有的異能之眼在日常生活中挺礙事的。他從不離身的墨鏡上，施加了封印這個能力，讓他得以擁有「普通視線」的法術。

包圍怜路的黑色空間，那不是虛空黑暗。仔細觀察，裡頭充滿嘈雜的氣息。

怜路用力皺起臉，叼起一根在口袋裡被捏扁的香菸。「啪」的打火機火花四散，點起紅色火光。

在頭燈照射下，全黑的地板、柱子和天花板蠢動。無數的黑色亮澤頭髮，細膩地扭曲形成這個「房子」。這個房子就是靠著某人，大概就是女人的執念所形成的詛咒。

「我根本不想要看見這種東西啊。」

簡而言之就是很噁心。看見「詛咒本身」一點也不有趣，但這是找出這個房子、這個詛咒核心最快的方法。

忍受著攀上背脊的厭惡感，伶路尋找周圍的氣息。正面原是上吊女人的東西，只是單純的黑塊。

「達涅達，哈達比哈達，尼哈達，波羅吉吉可，波羅其密其利──」

伶路重新扛起錫杖，詠唱消災除難的陀羅尼，踏著一整面蠕動黑髮的地板在房內移動，朝蠢動氣息最活躍的方向走去，好幾束黑髮攻擊伶路想妨礙他。

「臨兵鬥者皆陣列在前！」

用刀印劃斷頭髮。明明只是頭髮，卻從毛髮中散出紅黑色的血。「別開玩笑了，哪來的頭髮切斷會流血啊！」伶路口吐惡言。就算痛罵，對方也不會客氣，伶路閃躲不停襲來的頭髮，用錫杖打掉，用刀印切斷。

「找到你了。」

叼著香菸的嘴角咧笑上揚，找到一個特別大，正在蠕動的醜陋惡瘤。扭動的黑髮彷彿脈搏跳動不停冒出。那就是「核心」。

「天魔外道皆佛性，四魔三障成道來，魔界佛界同如理，一相平等無差別！」

把扛在右肩上的錫杖如拋槍般拿高，以惡瘤為目標，怜路把身體當彈簧將錫杖擲出去。錫杖彷彿刺進豆腐般，深深埋入惡瘤中。湧出的頭髮做出最後的痙攣。惡瘤終於停止動作，怜路慢慢走近拔出錫杖，接著把變得相當短的香菸丟在地板上。

「燃燒吧。」

輕易被點燃的一整片頭髮，燃起黑煙被火焰吞噬。火圈的中心，一個破掉的圓鏡掉在怜路腳邊。

「詛咒嗎。」

大概是梳妝臺用的鏡子吧，有人頭大小，裝飾在褪色裂開的漆框內。

「啪嚓」怜路踩碎鏡子，鏡子彷彿是沙子組成的，輕而易舉裂成碎片。與之同時，視野稍微變得明亮。一陣纏繞著草木夜晚吐息的風吹拂過來。

怜路就站在被雜草淹沒的空地正中央。

「……似乎，還沒有結束耶。」

哎呀哎呀，真是有夠麻煩。怜路重新戴好墨鏡，在雜草中朝愛車方向走去。

幾天後，這次趁著太陽高掛的時間，怜路再次造訪鬼屋遺址。他先繞去委託他的房仲那裡一趟，所以時間差不多近中午。他請房仲替他詳細調查那棟房子的女主人。

「──死因是上吊。她的小孩先過世，似乎自己獨居了好幾年。不知道自殺原因，她是個難相處的人，附近也沒有跟她比較要好的鄰居。哎呀，那個家本身就那個啦，心地不太好所以被大家討厭啦。」

房仲老闆所說的事情，大致符合怜路的推測。女人應該在最後下了什麼詛咒之後才上吊自殺。

踩踏青澀柔軟的青草往前，靠著記憶尋找目的地。怜路肩膀上扛著的不是錫杖，而是圓鍬。

自古以來，家中會有幾個地點特別被視為靈力聚集的地方。在這之中，只有一個在房子被拆掉之後還留著，那就是水井。

而水井，也被視為死者世界的入口。

連接死者與生者世界，昏暗深沉且冰冷的洞穴，水神居住之處。拆掉房子時，不可以把水井完全封死，要插進打通竹節的竹子，留五寸約十五公分露出地面，才可以避免陰氣累積在地底。這屬於現代很難忠實遵守的迷信，但並非全部都是虛假。──若非如此，怜路這一行就不成立了。

靠著女人心思創造出來的亡靈之家，其本體是鏡子。如果呼喚繼承者靈魂前來的是這面鏡子，那「本體」肯定就在現世的某處。世間的人常說幽靈、亡靈之類，彷彿表示死者靈魂留在世上做壞事一樣，這也並非正確。

亡者是「已經死亡之人」，沒有可以依靠的實體，不可能只靠著意識殘存下來。如果真的能留下什麼，一定有提供附身的物品。像是前幾天的日本刀，這次的鏡子，有幾種東西特別容易吸收、累積人類意念，這類東西容易成為神體，也容易成為咒具。

帶有詛咒的鏡子肯定就在這個腹地的某處，怜路推測，應該就在可能性最高的水井當中。

「那麼，被埋得太漂亮了完全找不到痕跡，到底是在哪邊呢。」

前幾天是有頭燈的安全帽，今天是圓鍬，老實說怜路已經快要忘記自己的工作到底是什麼了。自從來到巴市，他工作內容中的田園風情頓時遽升。

房仲老闆根據經驗告訴他幾個可能地點，怜路在現場調查。密集的雜草以及茅草的地下莖遮掩看不見土壤，這個覆蓋地表的綠色生命力，成為很好的掩飾。如果想要用來詛咒，反而應該要完美埋好比較方便吧。也沒看見竹子露出地面。

六月中旬，力量逐漸增強的日照晒著怜路。再怎樣也不可能裸露肌膚闖進茅草中，他穿上長袖手套完美防禦，好熱。

「……我是不太想用這招啦，但算了，反正是紙人。」

怜路碎碎念，把圓鍬插在一旁，從登山外套口袋中拿出紙張。那是剪成人形的和紙，上面寫著今田利香的姓名和年齡。這是他上次來這裡之後，為了釣出亡靈準備的「誘餌」。他寄去請利香本人書寫，還要她朝上面吹三口氣。這是一般用來替當事者消災解厄的紙人，也就是所謂的「替身紙人」。

怜路將紙人縱向對折後讓它站在手心上，祈禱著會出現反應，冰冷的風掠過他的臉頰。

紙人輕輕隨風飛舞，怜路將意識集中在看從手中掉落的紙人往哪去。紙人滑進茂盛高聳的茅草中間，怜路拉下墨鏡瞇起眼看。不管紙人發生什麼事，都不會影響到利香。即使如此還是有點緊張。

「唰」從雜草葉蔭處冒出白骨手抓住紙人。

紙人被捏爛後瞬間燒成灰，這是為了預防萬一，絕對不會讓本人受害的機關。

「唵，伽羅伽羅毘悉勃柯，薩婆訶。」

帶著工作手套直接結出轉法輪印，怜路詠唱不動金縛術的咒語。白骨手被不動明王的繩子纏繞停下動作。怜路迅速抓住圓鍬，砍斷覆蓋在白骨上的茅草——

怜路自己也很清楚這很不成樣子。

「本體是在哪啊，混帳！」

從斬斷的茅草根部，只有白骨前臂推開土壤往上伸出來，怜路解開手印後得到解脫的白骨手，為了要把怜路拉進去而伸得更長。把網狀的地下莖往上推高，骨骸在大白天現身。

「臨兵鬥者皆陣列在前，鬼！」

四縱五橫的九字切，加上惡靈退散的一字斜切。「砰」被彈飛的白骨四分五裂飛上天空。這不是本體，所以只是暫時處理。怜路趁機挖掘冒出白骨的地方，無數雜草在他腳邊「沙、沙」隨風搖擺。

「呃，真的假的啊。」

像是跟在被彈飛的白骨後面出現，好幾具白骨屍骸從地底爬出來朝怜路伸出手。有推測是男人的大骨骸，也有似乎是幼童的小骨骸。總共六具白骨，沾滿泥土只剩骨頭的手聚集起來想抓住怜路。

溼潤土壤的霉味竄入鼻腔。

這些白骨大概就是被女人呼喚到這裡來的繼承人們，人數也和怜路調查的犧牲者同為七人，全員連一片遺體都沒有找到。

怜路踢飛攀上自己的幼童骷顱頭，只有頭朝遙遠方向飛去。接著用圓鍬打飛成人女性的白骨，他沒空一個一個淨化，只能等解決源頭之後再說。

晴朗初夏白日，周邊響起杜鵑及雉雞悠哉的叫聲，但沒有人影。只留下荒廢的休耕田，布滿雜草的道路，以及回歸山林的民家遺址。

這裡雖然在現世，卻早已處於「人的世界」外。

踩碎想抓住他腳踝的手。

感應到的是「你也一起」這種蘊含嫉妒且搞錯對象的怨念。

並非怨恨折磨自己的人物，而是怨恨逃過這份痛苦的人。

——你也來這邊啊，無法接受只有我們，無法原諒只有你一個自由。我們這麼不幸，被束縛在這裡啊。

「與我無關。」

怜路咋舌，站在冒出白骨的古水井面前。地面大幅隆起，掀開的土壤中可以看見圍出水井的石塊。

「唵，給利給利，縛日羅，吽，發吒。」

在水井周遭張設結界不讓白骨靠近。

「……這只能用挖的了吧…………」

如果詛咒的本體在水井底部，那可得要挖相當深耶。怜路祈禱著這是口只有幾公尺的淺井，舉高圓鍬往下揮。

是怨恨什麼、怨恨誰而下的詛咒呢？

怜路沒打算深入了解發展成這種狀況的經緯，以及加害者、被害者的心情。他的工作是「處理這個詛咒」，而非祭拜下詛咒的女人。

但是，做這份工作這麼多年，他了解一件事。

被束縛在不合理對待中的人，會在某一個時間點起開始執著折磨自己的環境。

「我都忍耐這麼多了，理所當然要得到回報啊。」

忍受帶給自己痛苦的環境，並在逐漸適應中會產生心理防衛反應。開始相信「忍受痛苦現狀」有著什麼價值或報酬。

在鄉下這個狹隘社會環境中，舊時代的拘束價值觀，被加諸各種事情的「媳婦」這個立場，女人大概期待著「自己的時代」來臨。只要公婆去世，只要把小姑們趕出去，孩子長大結婚後就會照顧自己。沒有人會使喚自己痛罵自己。接下來就換自己使喚年輕夫妻，可以悠閒生活。

但是，最終沒有迎接這天到來。

女人的小孩尚未結婚就早逝，這件事並不存在冠冕堂皇的因果或命運，是一定機率可能發生的事。雖然也有冒充同業的詐欺師說絕子絕孫是因果或鬼神作祟，但只要沒有如同此次這類明顯詛咒的特別緣由，那就只是一連串的偶然。

女人大概無法承受不講理的現實吧。

挖土的圓鍬尖端，碰到什麼硬物。

瞬間，怨憤如怒濤般流過來。

——為什麼，我那樣百般忍受了，為什麼老是我。我明明沒做什麼壞事啊。

女人拔下嫁妝的梳妝臺上的鏡子，開始在鏡子後面刻上詛咒。

把自己的血，流入刻出的細溝中。

——不交給任何人，這個家是我的，我不允許變成別人的。這是我努力忍耐後才得到的。

女人把鏡子丟進家裡的水井中，並把水井埋起來。

——我不允許任何人在這個家中得到幸福，因為我沒有得到幸福。我那樣百般忍耐到最後卻沒有得到任何回報，怎麼能允許其他人得到。

希望永生永世，誰都無法在此得到「幸福」。

這就是女人下的詛咒。詛咒是雙面刃，詛咒別人就得承受帶來的報應。但怜路不這麼認為。

（在認真「詛咒」別人或什麼時，那傢伙已經身處地獄中了。）

極樂世界和地獄，並非位於三途川對岸。死後所有靈魂不由分說全會回到死者世界。

這個世界並不公平。因果報應、自作自受只是幻想。有人一輩子只能承受不講理。沒什麼道理。努力和忍耐也可能得不到任何回報。被這般不講理糟蹋也無從抵抗起，但又無法接受的人只能摧毀自己，撒下更不講理的事情。這就是詛咒。

用圓鍬挖開旁邊的泥土，怜路在水井底蹲下，帶著手套的手挖掘土壤拿出「那個」。

梳妝臺用的圓鏡上有道大裂痕。

女人大概對著鏡子一次又一次哀嘆吧，為了捨棄肉體附身到鏡子上，永遠詛咒這塊土地。

銀綠色天狗眼在模糊的鏡面上看見女人的臉。裂開的鏡子正逐漸失去咒力。女人的臉露出混亂的怨恨表情，身影逐漸轉淡。怜路沒有方法拯救女人，只能見證她消失。

「消失吧，我不會要妳安息。但是，妳已經『不存在』了，也沒有理由在消滅之後還繼續痛苦下去吧。」

這份痛楚、痛苦和憎恨，是不會再有任何人感受到的幻肢痛。

怜路用布輕輕把鏡子包起來。

怜路是個人經營的事業主。

職業為「祈禱師」。服裝自由，工作時間、假日隨自己訂。只不過，沒有勞保也沒有退休金。但基本上有加入國保。

常有工作上碰到的人對他說「**自由自在的眞好呢**」，有時只是輕鬆開玩笑，有時也包含明顯侮蔑。怜路會回「**哎呀，託大家的福，我才能安閒工作啊**」，對方眼中閃過的是侮蔑、嫉妒、羨慕，以及些微的憎恨。

人類很不可思議，會去憎恨不受束縛自己之物拘束的人。大概覺得「忍耐的自己」被嘲笑了吧。

怜路躺在被褥上，用電腦透過網路銀行確認餘額。白天房仲公司的老闆通知他已經支付酬勞了。

「喔～入帳了入帳了。」

金額就跟談好的一樣。這是確實計算天數、所花經費後提出的金額，所以不需要擔心有糾紛。那麼，該睡覺了。彷彿算準怜路關閉電腦的時間，響起敲擊後門門板的聲音。

「混帳，我今天一定不去……」

不徹底的應對也只是讓對方玩得開心而已，本來最好的方法就是不理會。下定決心後關掉燈光，怜路鑽進被窩裡。「喂～喂～」妖怪接著開始模仿起人類的聲音。沒比這更令人生氣的了。伶路閉上眼睛要自己忍耐，接著聽到咯咯笑聲。

「**唷！唷！天狗的小孩，人世太冷淡了你肯定很寂寞。我陪你玩啦，你就出來吧。**」

「碰！」伶路用力敲打榻榻米。接著踢開被子站起身，抓起錫杖用力打開拉門。黑夜裡響起門板互相敲擊的劇烈聲響。

「混帳傢伙！我今天一定要滅了你！給我出來！」

盛大明言的同時也在心裡想，乾脆去找個深夜打工來做好了。如此一來就能避開妖怪來吵人的時段，也能多少和人有所接觸。之所以會對妖怪說出口的話憤怒，全是因為最近少有說話對象而多少有點沒精神。

聽見伶路的怒吼而開心的妖怪，完全沒打算從黑暗中現身。

「混帳傢伙，你不是說要陪我玩嗎？」

伶路凶狠一笑，睜亮他銀綠色的眼睛，拿好錫杖聚精會神。

睡眼惺忪的烏鴉們被無聲的爆炸吵醒，群起「嘎嘎」叫著往山上飛去。

——番外篇之伶路的過往〈亡靈之家〉完

11

番外篇之美鄉的過往
平凡生活

閃亮亮大一新生，宮澤美鄉有個小小的野心。

那就是「極為平凡的學生生活」。雖然聽起來有點可憐，但他本人相當認真。適度學習與打工和社團活動，如果能交到女朋友更好。之所以會有這種野心，也是因為他至今與「平凡」八竿子打不著關係，也沒什麼和女孩開心聊天的記憶。所以──

「宮澤感覺好可愛喔，好像小動物。」

光是看見女生開朗的笑容就讓他心頭小鹿亂撞。低下頭，摸著自己過長的瀏海，美鄉對自己抵抗力不足而嘆氣。心裡逃避現實地想著「得剪頭髮才行了」這種微不足道的事情。

她無憂無慮笑著，海邊強風吹動她的帽子。

「是、是這樣嗎……」

美鄉極力不抬起頭嘿嘿傻笑，他含在嘴裡的說話聲，肯定也被響徹周遭的海濤聲掩蓋了吧。

萬里無雲的晴空底下，太平洋駭浪打碎在岩石上，側面吹來的強風掀動美鄉廉價的棉襯衫衣襬。遠處切分天地的水平線色彩鮮豔，白浪從帶著深淵色彩的大海蜂擁而來。

「我先走囉。」

她不在意美鄉的態度，說完後揮一揮手。嬌小的背影朝懸崖斷壁上綿延的青草那頭遠去。

意識也沒用。美鄉認識她時，她的視線早已在其他男子身上。那是和美鄉完全相反的人。

（……停止吧，我已經沒有那種「**力量**」了，別扯上關係比較好。）

遠處發光的淡色POLO衫上，突然閃過黑色陰影。在晴朗無雲的夏日天空下，附近根本沒有能落下黑影的東西。

美鄉沉默地瞇起眼睛。

「三小時後在這個詩碑前集合，遲到了就別怪我們丟下不管！以上解散！」

在以和歌舞臺聞名的觀光勝地，「史蹟研究同好會」的社長池谷粗聲下號令。男女總計七人的社團成員，三三兩兩回應後邁開腳步。

雖然這樣說，可以去的地方也不多。不是旁邊小小的紀念館，就是斷崖下的洞窟。三個女生朝紀念館，四個男生朝斷崖下出發後，美鄉獨自一人前往紀念館。因為他喜歡這類紀念館，而且他不想要接近斷崖。

（那個洞窟裡有蛭子神社耶，還是別去比較好——但又不一定會出事，有池谷在應該沒事吧……我已經很是被大家懷疑了，還是別再繼續引人注目。）

副社長相葉突然轉回頭看停下腳步煩惱的美鄉，接著對身邊的池谷說了什麼。看了美鄉一眼的池谷，露出打從心裡傻眼的無趣表情。

「什麼啦，又是那個膽小鬼啊。」

他的嘴型如此說著，相葉安撫他之後朝美鄉走來。對上眼了。

美鄉慌慌張張朝紀念館方向逃跑，跑進館內後鬆了一口氣。比起嘲笑他「膽小鬼」的池谷，他更不擅與相葉相處。

「——欸，惠子，妳跟宮澤說了什麼啊？」

轉換心情仔細欣賞展示品的美鄉，突然聽見自己的名字。從展示品綿延的轉角後方，響起走在前方的三個女生的談話聲。

「什麼，沒什麼啊……」

說美鄉可愛的女生，比阪惠子發出困惑的聲音。

「他向妳告白了？」

另外兩人尖叫吵鬧，美鄉當場愣在原地。

「不是啦，因為宮澤同學『預知危險』了，所以稍微說了一下。」

「是喔，又來了啊……那懸崖那邊不就很危險？」

「但宮澤絕對喜歡惠子吧，老是盯著妳看。」

「但他不太看著妳的臉說話耶，超級在意妳的吧。」

這令人如坐針氈的話題讓他忍不住摀住自己的臉，自己出現的時機也太不湊巧了吧。

「惠子覺得宮澤有希望嗎？」

饒了我吧，美鄉打從心底期望。

「啊，沒有……我——」

帶著遲疑的回答，是美鄉早已預料到的，也不可能因此開心。美鄉垂頭喪氣之時，口袋中的手機鈴聲無情響起。

池谷不見了。聽見相葉的通知後，美鄉咬緊唇。鈴聲讓他被發現偷聽女生們說話，但現在不是擔心這件事的時候。美鄉毫不猶豫跑出紀念館，眼角餘光看見臉色變得蒼白的惠子。那不是擔心單純只是社團伙伴的表情。

預知危險的真面目，也就是所謂的靈感能力。美鄉自幼學習咒術，和身邊的人活在不同世界中。因為親人的詛咒而失去大半力量，他下定決心在升大學的同時要「平凡」生活的現在，仍然「看得見」。

不停逃避這件事，好不容易經過三個月了。

（竟然逮到那個池谷。我要是別在意蠢事阻止他們就好了……反正離開社團就好了啊。）

史蹟同好會前往的每個地方，總會遇到什麼怪異事情。美鄉每次察覺時，都會隱瞞自己的靈感能力警告大家。結果，雖然好不容易避開危險，也被池谷取了「膽小鬼」的綽號。相葉與惠子等其他社團成員們，也差不多開始發現美鄉的「特別」了。

在連結懸崖下方的遊步道上奔跑邊尋找池谷的氣息，途中發現小路的美鄉越過禁止進入的柵欄，強風中走在不平坦的路面上。要是跌倒就會頭下腳上掉進海裡，懸崖上防止跌落的柵欄古舊得令人不安。正常人就算搞錯也不會走到這裡來。

「池谷！」

在繞過大為突出的岩石後，看見腳步不穩的背影。他的雙腳纏著好幾個黑色東西，看起來像人手、像長髮也像海藻。

強烈的海水臭味竄進鼻腔，美鄉調整呼吸。

「神火清明，神水清明，神風清明，急急如律令！」

豎起食指和中指結出刀印斬斷黑色觸手，那個東西嚇得往後退的同時，池谷腳下一滑。

「池谷！」

美鄉慌張跑近，遠離遊步道的池谷回過神來，在滑落之前抓住雜草。但是，觸手再度伸出手來。現在的美鄉沒有消滅那個的力量。

「宮澤！——我怎麼了。」

美鄉抓住池谷手腕，想要把混亂的他拉上來。

「爬上來！」

美鄉彎下身體拉池谷，但不見池谷爬上來。

「可惡，我的腳……」

池谷不甘心地扭曲表情。他被黑色觸手纏住無法動彈。美鄉雙手也都無法使用，他努力尋找擊退黑色觸手的方法，只想到利用「池谷本人」，但要是用這招，池谷肯定會痛罵美鄉。

沒有辦法，美鄉放棄掙扎下定決心，深吸一口氣。

「你的腳被黑色觸手纏住了！惡靈想要把你拖進海裡。」

池谷繃起臉，更加用力抓住美鄉的手。

「愚蠢……那種東西！根本、不存在！」

池谷怒氣膨脹，朝外四散。黑色觸手被嚇得飛散。

池谷重獲自由後一口氣爬上斷崖，一臉嫌惡地揮開美鄉。失去平衡的美鄉跌坐在地。

池谷非常討厭靈異話題，而且完全沒有靈感。不僅如此，還能多少彈開靈障，是天生帶有屏障的人。其他社團成員已經察覺的美鄉的「預知危險」，只有池谷一個人用「膽小鬼」帶過的理由就在這裡。

「回去囉！」

美鄉坐在地上目送若無其事的池谷離去，他仍舊是幾乎讓人感到神清氣爽地全盤否定呢。

「還真有精神呢。」

露出一個苦笑後，美鄉邊喊「嘿咻」邊站起身。

獨自走在回頭路上的美鄉面前，出現一個嬌小身影。

「比阪同學。」

惠子對驚訝的美鄉回以尷尬微笑後低下頭。

「對不起，好像是我『召喚來』的，大海果然很恐怖。」

「——原來妳有自覺啊。」

不小心說出真心話，美鄉慌慌張張摀住嘴巴。惠子在帽子底下的苦笑更深了。

該說是磁鐵體質吧，惠子和池谷相反，頻繁地吸引看不見的東西靠近。不只有什麼過往的史蹟，大海——特別是祭祀蛭子神社這類，有許多漂流物的地方，在被稱為能量景點的同時，也是容易出現髒東西的地方。

「嗯，雖然我看不見……宮澤同學，你看得見對不對？」

時至此時否定也沒有意義，美鄉乖乖點頭後，惠子小聲說「果然沒錯」，她躊躇著雙手交握，頭彎得更低後擠出話來。

「——我啊，利用了你和池谷同學。他們邀我加入社團時，我發現池谷同學是『能彈開』的人，我想著，如果和他一起，或許我就能去很多地方。接著你加入——」

如果在這裡，或許我也能「普通」去旅行。

惠子慢慢抬頭看藍天，她說出口的話隨風飄逝。根據時代與地點不同，她或許會被當成神女崇拜吧。但這個體質會嚴格限制她的行動範圍。

惠子瞇起眼睛看大海，用勉強扯出的開朗聲音繼續說：

「但果然還是不行！我讓你百般顧慮，然後最後還是把池谷同學捲進來了。」

知道總有一天會讓身邊的人陷入危險，仍不發一語加入同好會，這當然不是值得讚賞的行為。但她到底該對誰怎麼開口，該找誰商量才好？

（而且我自己也有所隱瞞啊。）

如果沒有隱瞞自己的靈感能力，她或許就會開口商量了。

「妳身邊有人知道怎麼應對嗎？」

惠子輕輕搖頭回答美鄉，如果身邊沒有人可以理解，那她肯定相當痛苦。「平凡」這個單字顯得更加沉重。

「我也搞不太清楚血脈這類的，但家裡沒有人和我有相同體質……我上網頂多找到咒語這類的根本沒有用。」

現在這種時代，普通人相當難以找到「真正的靈能者」，如果身邊沒有知道這方面知識的人，那就要很幸運才有辦法找到適當的應對方法。

關於這點，美鄉就不同了。知識、應對方法與訓練。他從小接受訓練，學習該如何控制自己與生俱來的能力且讓這個力量派上用場。雖然因為對家裡醜聞等亂七八糟的事情感到厭煩逃出家裡，但回想起來，他並不討厭訓練。

（我到底在幹嘛啊……）

時至此刻才這樣想，「平凡」是自己期望並選擇的，但拋棄培養起來的東西，如願得到的「凡人」沒有辦法幫助惠子。

「別擔心，只要我別到處亂跑就不會造成別人困擾。」

惠子落寞微笑後，轉頭離開。

擁有他人沒有的東西，沒有他人擁有的東西，看似相反其實相近。美鄉也是同樣地，在因為擁有不平凡之處而被犧牲的平凡之間，還找不到適當的折衷點。接受不平凡的價值。說起來簡單，當事者做起來卻很困難。如果像惠子一樣受其折磨更是如此了。

懸崖下再次傳來嘈雜的氣息。這些傢伙不見得對惠子抱有惡意——雖然這樣說，也並非對惠子的人生有所助益。

（那麼，我呢……？）

真心真的想要「平凡」嗎？

如果打從心底不想和這個世界扯上關係，那早早離開社團就好了。大學也不小，也能去找其他類似的社團。

（也不是使命感那種重大的東西。）

猶豫了一會後，美鄉下定決心從惠子背後喊她：

「等等！那個……雖然沒辦法馬上做到，那個——」

再次朝覺得受夠了而拋棄的世界伸出手讓他畏懼，但是捨棄了什麼變得「平凡」的自己很無力。可以這樣無力下去嗎？明明可以做些什麼的啊。

惠子停下腳步，感到不可思議地回頭。

「我替妳想辦法。」

美鄉直直注視著嚇了一大跳的惠子，下定決心斷言。

「我會替妳想辦法，讓妳要上山下海，哪裡都能自由去。」

緊握因緊張僵硬的拳頭。已經斷了自己的後路了。

「宮澤同學？」

惠子睜大眼睛，她半信半疑的表情讓美鄉有點不自在，但仍用力點頭。

「我不只看得見，其實我一直學習對付那些傢伙的法術。」

「……但是，你已經不想繼續和那個扯上關係了不是嗎？」

美鄉想要隱瞞能力的事情，站在相同立場的惠子也有所察覺了。

「嗯，但是——我想要幫上妳的忙。」

對晚熟的美鄉來說，說這句話相當緊張。

一瞬間沉默後，惠子呵呵一笑。

「對不起，讓我修正一下，你真帥氣呢。」

（啊，沒被她當成認真的了。）

瞬間全身無力，美鄉回以苦笑。背過身的背影繼續說：

「——謝謝你，我會等著。」

惠子留下令人有點害臊的一句話後小跑步離去，美鄉感到炫目地目送她的背影。

美鄉離開社團了。

為了找回遲鈍的感覺與退步的能力，以期找出解決方法，他沒時間玩社團或找戀愛對象。美鄉回想短短三個月的「平凡學生生活」。

那是段相當充實、開心的日子。但也是感到同等程度有所缺憾的日子。

結果還是回來了。吐出口的嘆息不知為何參雜著笑意。

宮澤美鄉的「**平凡**」，就與這個能力共存。

——番外篇之美鄉的過往〈平凡生活〉完

12

後記

非常感謝大家購買《陰陽師與天狗眼——巴市公所妖怪事故專責小組——》，我是歌峰由子。

這個作品，是將以《巴市日常》的名稱在網路上連載的作品，藉著付梓成書的機會變更標題後出版的作品。書籍版是在保留網路連載版的筆觸下，又進一步修改成更有「獨特感」的內容。我認為已經閱讀過網路連載版的讀者應該也能看得很開心。

那麼，說起這個故事舞臺的巴市，其原型是我的出生地廣島縣三次市。去年妖怪美術館開幕，對這個領域有興趣的朋友或許知道這個地方，這裡留有許多知名的怪談故事。

我這次完全沒有提及那些有名的怪談（對不起），也沒寫出當地的名產或名勝。但是我大量描寫出實際上住在那裡時，在我心中畫下的最喜歡的風景。如果這些對大家來說，是與現實世界完全不同的異鄉，或與懷念的故鄉完全相同，或是和現在住的地方類似，都會讓我感到很開心。

本作品可以如此製作成書籍出版，背後受到非常多人的幫忙。畫出美麗封面的カズキヨネ老師，替這本書設計美麗裝幀的大岡老師，以及非常有耐心陪伴搞不清楚東西南北的我的責任編輯尾中編輯。除此之外，在本作出版時提供幫助的所有人。在新冠肺炎大流行這非常辛苦的狀況中，真的非常感謝大家。請讓我藉這個機會向大家致謝。

另外，我也要感謝從網路連載版、同人誌版開始支持我的各位。I大人、服部大人、森村大人、燈宮大人。特別是I大人和服部大人在網路連載中也陪伴著我，付梓成書時也相當鼓舞我，真的給了我莫大的關照。還有其他許多讀者閱讀，給我感想等等的，多虧有大家，我才能走到今天這一步。非常感謝大家。

接下來是突然送還是國高中生的女兒《日本咒術大全》（原書房出版）的母親大人。這本書成為本作品最重要的參考資料了（笑）。非常感謝您。

最後，購買本書的所有讀者。非常感謝大家。如果大家多少看得開心，如果讀完這本書之後稍微打起精神來了，再沒有比這更讓我感到開心的事情了。希望對大家來說，與這本書的相遇是一段良緣，請讓我以此結束後記。

2020年7月吉日　歌峰由子

高寶書版集團
gobooks.com.tw

LN006
陰陽師與天狗眼——巴市公所妖怪事故專責小組——
陰陽師と天狗眼 —巴市役所もののけトラブル係—

作　　者　歌峰由子
繪　　者　カズキヨネ
譯　　者　林于楟
編　　輯　薛怡冠
美術編輯　彭裕芳
排　　版　彭立璋
版　　權　張莎凌
企　　劃　黃子晏

發 行 人　朱凱蕾
出　　版　英屬維京群島商高寶國際有限公司台灣分公司
Global Group Holdings, Ltd.
地　　址　臺北市內湖區洲子街88號3樓
網　　址　www.gobooks.com.tw
電　　話　(02) 27992788
電　　郵　readers@gobooks.com.tw（讀者服務部）
傳　　真　出版部　(02) 27990909　行銷部 (02) 27993088
郵政劃撥　50404557
戶　　名　三日月書版股份有限公司
發　　行　三日月書版股份有限公司/Printed in Taiwan
初版日期　2022年7月

國家圖書館出版品預行編目(CIP)資料

陰陽師與天狗眼：巴市公所妖怪事故專責小組/歌峰由子著；林于楟譯.-- 初版. -- 臺北市：英屬維京群島商高寶國際有限公司臺灣分公司出版：三日月書版股份有限公司發行, 2022.07-
冊；　公分. --

譯自：陰陽師と天狗眼 —巴市役所もののけトラブル係—

ISBN 978-626-7152-00-3(平裝)

861.57　　111006062

三日月書版

三日月書版

GOBOOKS
& SITAK
GROUP ©

GOBOOKS
& SITAK
GROUP©